モンスターの花嫁

赤川次郎

角川文庫
14160

モンスターの花嫁　目次

名門スパイの花嫁

モンスターの花嫁

名門スパイの花嫁

プロローグ

「お願いがあります」

そのときの八田《はった》は、いつになく立派に見えた。

そうよ、その調子！

さつきは、そっと八田の方へウインクして見せた。

「お嬢さんと結婚させて下さい！」

八田は畳に両手をついて、頭を下げると――そのまま、ゴロンと横転してしまった。

「夏人《なつひと》さん！」

さつきがあわてて抱き起す。

「ごめん！　固くなって、つい……」

「正座なんて、できないくせに無理するからよ」

と、さつきは苦笑いして、「ね、お父さん。――そういうことなの。いいでしょ？」

さつきの父、竹沢法和《たけざわのりかず》は、ゆっくりと二人を眺めて、

「八田……。お前、さつきなんかでいいのか？」

「お父さん！　それってどういう意味？」

「しかし、お前、料理なんかしたことないじゃないか。お前にとっての『料理』は、電子レンジで温めることだ」

竹沢は八田を見て、「そんな女房でいいのかね？」

「もちろんです！　誰だって、初めから上手《うま》くやれはしません」

「ふん……。さつきは八田でいいのか？」

「もちろんよ！　どこかいけない所がある？」

「そうか……」

竹沢は、オーディオ雑誌をまたパラパラとめくり始めた。

「お父さん！　ちゃんと返事してよ」

さつきがせっつくと、

「少し考えさせてくれ」

と、竹沢は言った。「お前の一生に係ることだ。一分や二分で結論は出せん」

「でも――」

「一週間待ってくれ。な、一週間」

竹沢の言葉に、八田は、

「分りました」

と肯《うなず》いて、「では来週の土曜日に、ご返事を伺いに来ます」

「うん……。すまんね」

竹沢は曖昧《あいまい》に肯いた。

「――変だわ」

と、さつきは帰り道、八田を近くのバス停まで送って行きながら言った。

「どうして？」

「だって――お父さん、前から私とあなたが一緒になればいいって言ってたのよ。それなのに、いざ申し込んだら……」

「そんなもんさ」

と、八田は言った。「父親の気持って、そういうもんだろ」

「そうかしら。――お父さんはそうじゃないと思ってた」

さつきは、父の様子に、単なる「花嫁の父」の心理とはどこか違ったものを感じていたのである。

しかし、それが何なのか、さつきには見当もつかなかった。

バス停近くで、さつきは、

「あ、今晩は」

と、近所の奥さんとすれ違って、会釈した。

「あら、さつきちゃん。八田さんといよいよ？」

「ええ——たぶん」

「おめでとう！　あなた方、ぴったりだと思ってたのよ」

「ありがとうございます」

「じゃあね、また」

「失礼します」

——八田は当惑顔で、

「今の、誰だい？」

「知らないの？　人事部の岡崎《おかざき》さんの奥さんよ」

「岡崎課長の？　そうか」

八田は振り返って、「ちゃんと挨拶《あいさつ》しときゃ良かった」

「今さら遅いわ」

と、さつきは笑った。

——竹沢さつきの一家が住んでいるのは、N食品工業の社宅。

このバス停から歩いて五分ほどの所に、ちょっとした団地規模の社宅が並んでいる。

父、竹沢法和はN食品の品質管理部の課長である。五十一歳で、特別めざましい出世というわけではないが、まあ順調と言えるだろう。

父と母・君江《きみえ》、そして一人っ子のさつき。——三人での暮しも、近々、さつきが同じN食品の営業マン、八田夏人と結婚すれば変ることになるだろう。

「社宅か」

バスの来るのを待ちながら、八田が言った。「僕はやっぱりよそに住みたい」

「いいわよ、もちろん」

さつきは、八田と腕を絡めた。「私もしばらくは働くつもりだし」

さつきもN食品の子会社に勤めている。

「家賃はずいぶん違うけどね」

「確かにな。——でも、右も左も、同じ会社の連中なんて、家へ帰っても気が休まらないよ」

その点は、さつきもよく分っていた。

さつきはほとんど物心ついたころからこの社宅で暮しているから、かなり慣れているが、それでも十七、八ぐらいのころには、ご近所の誰もが知り合いで、しかも会社の上下関係が、家族同士の付合いにも微妙に係ってくるのが煩わしくて、

「お願いだから引越して」

と、真剣に父に頼んだこともある。

今はもう社会人でもあり、それなりの付合い方を憶《おぼ》えたが、ずっと一人暮しの八田など、社宅に入るのをいやがるのも当然だろう。

「——あと五、六分でバスが来るわ」

バス停で、さつきは言った。

「見なくても分るのか、時刻表？」

「ここに何年住んでると思ってるの？」

と、さつきは笑った。

「見送ってくれるのか？」

「お邪魔？」

「まさか」

周囲に人気はない。街灯の明りで、バス停の辺りだけがポカッと明るくなっている。

さつきは自分から八田の胸に身をあずけた。——二人の唇が重なる。

「バスが来るまでこうしてよう」

「あと四分半あるわ」

そのとき、ザッと音をたてて、歩道の内側の植込みから誰かが現われたので、さつきはびっくりして、

「キャッ！」

と声をたてた。

「何だ？」

八田がさつきをかばうように立つと、「――どうしたんだ？」

と、目を丸くした。

街灯の明りの下へフラッと出て来たのは、スーツとネクタイ姿の男だった。

「酔ってるのか？」

と、八田は言ったが――。

「血だわ！」

と、さつきは叫んだ。

男の白いワイシャツに、じわじわと血が広がっていた。

「おい……」

八田が面食らっていると、男はよろけながら、八田の腕にすがりつくようにして、

「草が――」

と言った。

「え？　何だって？」

「草が……」

そう言ったきり、男はズルズルと崩れるように倒れた。

「――いやだ」

さつきは、男の体の下に血だまりが広がって行くのを見て、声を上げた。「これって――二時間もののサスペンスのロケ？」

1　華やかな夜

ホテルの正面玄関にタクシーが停る。

都心の一流ホテルである。ボーイが素早く近付いて来て、

「いらっしゃいませ！」

と、開いたドアに手を添えた。

が――ボーイは次の瞬間、突き飛ばされて尻《しり》もちをつくはめになったのである。

「急いで！」

と、タクシーから飛び出して来た若い女性。「亜由美《あゆみ》！　急いで！」

と声をかけて、走りだす。

「これ。――おつり、いりません！」

続いて、もう一人飛び出したのは、我らがヒロイン、塚川《つかがわ》亜由美である。「聡子《さとこ》！　待って！」

慣れないハイヒールなどはいているので、二人とも危なっかしい足どりで、それぞれ精一杯急いでロビーを駆け抜けて行く。

——二人に突き飛ばされたボーイは、やっと起き上ると、

「凄《すご》い勢いだ!」

と、目を丸くしている。

「今の若い女は分らねえ」

と、タクシーの運転手が首を振って、「何だか、パーティに遅れるとかって焦ってたよ」

「おつりももらわずに行っちゃいましたね」

「冗談じゃねえよ」

と、運転手が顔をしかめて、「おつりどころか、二十円足りねえ。ま、今さら追いかける気もしねえけどな」

——塚川亜由美と神田《かんだ》聡子の二人。ロビーの奥のエスカレーターで、地階の宴会場フロアへ。

「三十分も遅刻」

と、聡子が言った。「亜由美が美容院で手間どってるからいけないのよ」

「私のせいじゃない!」

と、亜由美は言い返した。「だって、髪やってもらってる途中に出て来らんないでしょ!」

亜由美と聡子は、普段あまり化粧やら何やらに手間をかけないのだが、今日は着ている

ものも大分ミニのワンピース。少し派手めのイメージである。

「——会場、どこ？」

と、エスカレーターを降りた二人は、キョロキョロと左右を見回した。

宴会場のフロアは、だだっ広くて、大きな会場が四つもある。

「あれだ！　確か、〈何とか食品〉のパーティだった」

と、聡子が立て札を見付けて言った。

「〈何とか食品〉じゃなくて、何か名前あったでしょ」

「いいわよ、そんなこと」

二人はともかく急いでそのパーティの受付へ。

「すみません！　遅れちゃって！」

と、聡子が、受付で退屈そうにしている中年男に声をかける。

「——え？」

「あの、アルバイトの女子大生です。本物の女子大生」

「女子大生？　ああ、コンパニオンの？」

「そうです！」

と、聡子は少し大げさに息を弾ませて肯《うなず》く。「衣裳《いしょう》選んだりするのに手間取っちゃって。でも、決まってるでしょ？」

自分で言っているのだから間違いない。

しかし、男の方は、

「待てよ。――コンパニオンは確かに頼んだけど、もう全員来てるはずだ」

「そんな……。神田と塚川です。調べて下さい」

と、聡子が食い下る。

何しろ、パーティに出て、おじさんたち相手に、ニコッと笑って見せ、飲物を配ったりするだけで、抜群の日当！

冬休み、スキーに行くのにお金がなくて困っていた二人は、この話に飛びついたのである。

「さて……。人数、十五人。みんな来てるよ」

と、男は首を振る。

「ええ？　でも……」

亜由美がぐっと身をのり出し、

「じゃ、二人ふやして下さい！　十五人だって十七人だって、同じでしょ！」

「そんなわけにいかないよ。ちゃんと予算ってものがあるんだし」

「いいじゃありませんか！　こんな豪勢なパーティやってるんですから、二人分のアルバイト代くらい」

「いや、しかし——」

押し問答していると、

「どうしたんだ？」

と、パーティ会場から出て来たのは、三つ揃いの高級スーツがピタリと似合った、少しキザな三十歳前後の男性。

「あ、専務。——この二人が、コンパニオンのアルバイトだと言って」

「へえ。可愛いじゃないか。入れてやれよ」

専務！　この若さで？

亜由美たちはその男性を見直した。

「しかし、頼んでおいた人数は揃っているんです」

「二人ぐらい、多くてもどうってことないさ。——さ、入れよ」

「ありがとうございます！」

亜由美と聡子は、一斉に頭を下げた。

——パーティ会場へ入ると、人いきれと渦巻く話し声、それにアルコールの匂いで、亜由美など頭がクラクラした。

「さあ、適当に相手をしてくれ」

と、その「専務」が言った。「白い名札をつけてるのはうちの社員だから、構わなくていい。君らは、ピンクの名札をつけた『お客様』の相手をするんだ」

「はい」

「頑張れよ」

ニヤリと笑ったところが、なかなかクールである。

「さ、仕事、仕事」

と、亜由美は聡子の肩をポンと叩《たた》いて、「あんたはあっちね。私はこっち」

「了解」

——とはいえ、亜由美もこういうバイトは初めて。

先に入っている十五人の女の子たちは、見るからに慣れていて、グラスの空いた客を素早く目にとめては、サッと寄って行って、

「お代り、お持ちします？」

とやっている。

はあ、ああいう風にやるのか。

亜由美は、キョロキョロして、誰かカモはいないかと捜した。

すると、チョンチョンと肩をつつかれ、

「はあ？」

と振り向くと、

「君、お代り」

でっぷり太ったおっさんが氷だけになったグラスを亜由美へ渡す。

「はい、ただいま！」

亜由美は、盆に飲物を沢山のせて回っているボーイを見付けて駆けて行くと、「ええと――これね」

と、同じグラスを手に取り、急いで戻って行った。

「お待たせしました！」

「ああ、ありがとう」

と、受け取ったそのおじさん、仕事の話をしながら、グラスを一気に空にした――。

やれやれ、落ちついて、落ちついて。

亜由美は、立食パーティなのに、中央の料理のテーブルにはほとんど人がいなくて、料理が手つかず同然の状態になっているのを見て、

「もったいない！」

と呟《つぶや》いた。「タッパーウェアでも持って来りゃ良かった」

すると、すぐ後ろで、

「社長！　しっかりして下さい！」

という声が上った。

びっくりして振り向くと、何と、あの飲物を渡したおじさんがカーペットの上に倒れている。

「おい、誰か！——救急車だ！」

と、大騒ぎ。

「その女だ！」

と、駆けつけた男たちの一人が、亜由美を指さした。

え？——え？　どうしたの？

わけが分らない内に、亜由美は男たち数人に取り囲まれてしまった。

「社長に何を飲ませた！」

「飲物に薬を入れたな！」

と怒鳴られる。

こういうとき、怯《おび》えて泣きだす亜由美ではない。

「うるさい！」

と、怒鳴り返すと、「——私はただ、『お代り』って言われたから、渡してあげただけよ！」

「何だと、こいつ……」

男たちの方も一瞬ひるんだ。

集まっていた人々を押しのけて、さっきの「専務」が現われた。

亜由美を見ると、

「何だ、君か」

「私、何もしてません！」

「まあ待て。君、親父に何のグラスを渡したんだ？」

「え……。空のグラスを受け取ったので、それと同じグラスを……」

親父、と呼んでいるのは……。

「これか」

と、落ちていた問題のグラスを取り上げて匂いをかぐと、声を上げて笑った。

「専務……」

「こいつはウイスキーのオン・ザ・ロックだ。——君ね、親父が飲んでたのはウーロン茶なんだよ」

「ウーロン茶？」

「親父はアルコールが一滴も飲めないんだ。ここに出てる人間なら誰でも知ってる」

「私……てっきり……」

亜由美もさすがに青くなった。「あの——大丈夫でしょうか？」

「——待て」

　すると、倒れていた「おじさん」――いや、社長が、呻《うめ》き声を上げて起き上った。

「父さん。どう？」

「頭が……痛い。どうしたんだ？」

「ウーロン茶のつもりで、ウイスキーをガブ飲みしたのさ」

「そうか！　妙な味だと思った！」

「立てる？――おい、誰かついていって、休ませてやれ」

　専務は父親を部下に任せると、「――皆さん、お騒がせしました！　何でもありません。パーティをお楽しみ下さい」

　と、よく通る声で言った。


「――すみません」

　ロビーで、亜由美は深々と頭を下げた。

「いや、君が悪いわけじゃないよ」

　と、専務は首を振って、「僕は北畠修一郎《きたばたけしゅういちろう》。S食品の専務だ」

「倒れた方は……」

「僕の親父で、S食品社長の北畠勇三《ゆうぞう》。君は何ていったかな」

「塚川亜由美です」

「大学生？」

「はい」

「しかし、パーティに来てる他の子たちと、感じが違うね」

と、北畠修一郎は言った。「君は同じ事務所の子？」

「事務所？　いいえ。ただアルバイトの口があるって大学で聞いて……」

「待てよ」

と、北畠修一郎は首をかしげて、「もしかして、君たち――パーティ会場を間違えてるんじゃないか？」

亜由美は面食らって、

「でも――確か〈何とか食品〉って聞いて来たんですけど」

「うちは〈S食品〉。向うの宴会場でパーティをやってるのが〈N食品〉」

「え？　それじゃ……」

亜由美は啞然《あぜん》として、「こんな近くで？　偶然なんですか？」

「いや、そうじゃない」

と、修一郎はニヤリと笑って、「しかし、間違いだとしたら、君と友だちは向うのパーティに一時間近くも遅れていることになるね」

「――どうしよう！」

亜由美は絶望的な声を上げた。

〈N食品〉のパーティに今から聡子と駆けつけたって、日当をちゃんと払ってくれるとは思えない。といって〈S食品〉では社長にウイスキーを飲ませてダウンさせてしまった……。

「まあ落胆することはないよ」

と、修一郎は亜由美の肩を叩《たた》いて、「〈N食品〉で、もういらないと言われたら、戻っておいで。バイト料は出してあげる」

「でも……申しわけないわ」

「いらなきゃいいけど」

「いえ！　ご好意に甘えます！」

と、亜由美は即座に言った。

そのとき、ロビーをやって来る人影があった。太めのその姿に、亜由美は見憶《みおぼ》えがあった。

「──失礼、〈S食品〉の方？」

「そうですが」

「ちょっとお話を伺いたい。こちらに社長さんがおられると聞いたのでね」

と、警察手帳を見せる。

「——殿永《とのなが》さん」

と、亜由美が呼びかける。

殿永部長刑事は亜由美をまじまじと眺めて、

「こりゃ驚いた！　何してるんです？　それに——その格好は？　仮装大会ですか？」

と言った。

2　SとN

「そんなわけで、父は今、このホテルの部屋で休んでいます」

と、北畠修一郎が言った。「よろしければ、僕がお話を伺いますが」

殿永は、亜由美の方を見て、

「いつも、亜由美さんの周囲では何か起りますな」

「皮肉ですか」

「事実です」

「事実だからって、皮肉でないとは言えないでしょ」

「ま、その議論はともかく――」

殿永は、修一郎の方へ向き直った。

パーティはまだにぎやかに続いている。亜由美たちはロビーのソファに座っていた。

「佐々木《ささき》治《おさむ》さんという方をご存じですか」

「佐々木……ですか。〈佐々木〉は何人か知っていますが」

「S食品の流通部に勤務しておられたようです」

「そうですか。——社員一人一人のことまでは、とても……」

「もちろんそうでしょう」

と、殿永は肯《うなず》いた。

「その佐々木が——」

「殺されたのです」

——少しの間、ロビーが急に静かになったように、亜由美には感じられた。

「それは……」

と、修一郎は言って、後が続かなかった。

「——むろん、仕事絡みの事件と限ったわけではありませんが」

と、殿永は言った。「一応、同僚や上司の方のお話を伺いたくて、その許可をいただきに上った次第です」

「ああ、もちろん、どうぞご自由に」

修一郎は、少しホッとしたように、「流通ですね。——おい！」

と、受付の男性を呼んで、

「流通の部長を呼んで来てくれ」

と言いつけた。

そして、亜由美の方を見ると、

「君、この刑事さんと知り合いなのか」

亜由美が答える前に、

「塚川亜由美さんは、警察の特別顧問とでもいうべき立場でして」

と、殿永がまた大げさなことを言い出した。

「亜由美！」

と、聡子が急いでやって来た。「まずいよ、私たち、会場間違えたみたい。——あれ？」

「これはこれは」

殿永が目をしばたたいて、「お二人とも、こうして見るとやはり女性だったんですね」

「どういうこと？」

「聡子。——今さら、あっちのパーティに顔出せないよ。座って」

わけの分らない聡子は、仕方なくソファに腰をおろした。

「でも、殿永さんが直々においでになるなんて、何か裏のある事件なんでしょ？」

と、亜由美が訊《き》くと、

「私は水戸黄門《みとこうもん》じゃありませんから、どんな事件だって自分で出向きますよ」

と、殿永は言った。「ただ、殺されたのが〈N食品〉の社宅の近くだったのです」

「そこでパーティを開いてる？」

「ええ。——〈S食品〉と〈N食品〉。宿命のライバルとして、その世界では有名です。

そうでしょう?」

「まあね」

修一郎は苦笑して、「新製品の開発も、特別セール、フェアの企画。——あらゆる点で二社は争っています」

「何かわけでもあるんですか?」

と、亜由美は訊いた。

「それがさっぱり分らない。あの『ロミオとジュリエット』だって、二つの家が、どうして憎み合ってるか分らないだろ? ともかく今の社員たちは、ほとんどみんな、入社したときから、『うちと〈N食品〉はライバルだ』と言われ続けて来た。理由なんて、誰も知らないのさ」

「変なの」

と、聡子が言った。

「確かに変だ。でもね、そんなものさ、人間なんて」

と、修一郎は肩をすくめて、「中にゃ、お互い頭文字が〈N〉と〈S〉だから、仲が悪いんだなんて奴もいる」

「北と南? まさか」

と、亜由美は呆《あき》れて、「その社宅の人が殺したわけじゃないんでしょ?」

「今のところは何とも」

「しかし、うちの社員が、どうして〈N食品〉の社宅の近くにいたのかな」

するとと、ロビーをやってくる背広姿の男性がいた。──修一郎はそれに気付いて、

「噂をすれば、〈N食品〉の奴だ」

きびきびした足どりでやって来たのは、年齢は北畠修一郎と同じくらいの、しかしタイプとしては生真面目そのものという印象の男性。

「北畠さん、失礼します」

と、両足を揃えて、きちっと会釈をする。

「よせよ、三隅《みすみ》」

と、修一郎は苦笑して、「尾崎《おざき》社長の秘書、三隅良一《りよういち》君です。僕とは同じ大学でした」

三隅という男性は、相変らず固い口調で、

「こちらの二人のお嬢さんは、我が社のパーティに頼んだコンパニオンだと思いますが」

と言った。

「ああ、そうらしいね」

「それなら、私どものパーティで働いていただきます。──塚川さんと神田さんですね」

「はい！　すみません。間違ってこちらのパーティに……」

「〈S食品〉の手当より、うちの方が二千円高いはずです。さ、一緒に来て下さい」

と促す。

「まあ、待って下さい」

殿永が立ち上って、「今はどうも、パーティどころではないのです」

「あなたは？」

殿永が事情を説明すると、三隅は、

「我が社とは何の関係もありません」

と言い返した。「うちで頼んだ女の子が〈S食品〉でバイトしていたということが問題なのです」

こりゃ大したもんだ、と亜由美は感心した。

たかがアルバイトの女子大生。それすら、ライバル同士では奪い合いになる。

「――お呼びですか」

と、パーティ会場から、アルコールで大分赤くなった社員がやって来た。

「ああ、君の所に佐々木治って部下がいるかい？」

「佐々木ですか。今夜は来ていませんが」

「いや、その佐々木が殺されたというんだ」

亜由美はたまたま三隅という男を見ていた。

佐々木が殺された、という言葉に、三隅は一瞬青ざめたのである。

しかし、すぐに平然とした様子に戻り、

「では、このお二人を連れて行きます」

「分った。──君たち、パーティが終ったら、ここへ戻って来ないか？　一杯やろう」

修一郎の誘いに返事をする間もなく、亜由美と聡子は三隅に引張られるようにして、〈N食品〉のパーティ会場へと急いだのだった……。


「──疲れた」

亜由美はソファにドサッと座って、「何か軽いカクテルもらおう」

「私も」

聡子と二人。〈N食品〉のパーティの後、修一郎に誘われて、ホテルのバーに来た。

何と殿永も待っている。

「──私はウーロン茶です。勤務中でして」

「間違えないようにね」

と、亜由美は忠告した。

「──でも、おかしいですね。本当に」

と、亜由美は言った。「〈N食品〉の人から、『パーティで見聞きしたことを、決して〈S食品〉の人間に話さないように』って、しつこく言われました」

「バイト料はもらった?」

「はい、ちゃんと」

「それは良かった。——やあ」

修一郎が、バーへ入って来たOL風の女性を見て、

「珍しいね」

「修一郎さん! このホテルでパーティ? 相変らずね」

地味だが、落ちついた感じの女性だ。

「君はどうして?」

「兄と待ち合せなの。——あ、お兄さん」

やって来たのは、さっきの三隅良一だった。

「何だ、修一郎もいたのか」

「仕事は終ったんだろ? 一緒に一杯やれよ」

「じゃ、一杯だけ。——別会計でな」

「全く堅物でね、こいつは。大学のときも、僕とは正反対。しかし、なぜか年中一緒だった」

と、修一郎は愉快そうに言った。

「まさか、お兄さんが〈N食品〉に入るなんてね」

「こちらは、三隅君の妹さんで、三隅清子さん」

修一郎から事件のことを聞くと、三隅清子は、

「いやだわ。まさか〈N食品〉の人が関係してるとか？」

「それは何とも」

と、殿永が言った。「しかし、一つ気になることがありましてね」

「何ですの？」

「殺された佐々木さんが、こと切れる前に、こう言ったというのです。『草が……』とね」

「草？」

「我々は『草』と聞けば、ついマリファナや大麻を思い浮かべますが、佐々木さんはその類《たぐい》のものを所持していなかった。――謎のままです」

「うちも〈N食品〉も食品メーカーで、製薬会社じゃありません。そんなものとは縁がないですよ」

「これから、佐々木さんの個人的な付合いなど当っていけば、色々分ってくるでしょう。――では、私はお先に」

殿永が立ち上り、律儀にウーロン茶代を払って行った。

亜由美たちもくたびれていたので（さすがに！）、少しいて帰ることにした。

「じゃ、出よう」

と、修一郎も立ち上って、「おい、三隅、ここは払わせてくれ」

「いや、俺と妹の分はちゃんと出す」

「分った。頑固な奴だな」

と、修一郎は苦笑した。

バーを出て、化粧室へ寄った亜由美が出てくると、

「――何とかならないの?」

と、小声で囁《ささや》くのが耳に入った。

三隅清子だ。

並べてある観葉植物のかげに、北畠修一郎と三隅清子が身を隠すように立っていた。

亜由美は邪魔しないように、そっと後ずさった。

「ともかく、これから……」

修一郎の言葉も、途切れ途切れにしか聞こえて来ない。

すると――修一郎と三隅清子がしっかり抱き合ってキスしたのである。

亜由美は、ドキドキしてじっと息を殺していた。

「――兄が来るわ」

と、清子は離れて、「じゃあ……」

「なあ、時間を作って会おうよ」

と、修一郎が清子の腕をつかむ。

「だめよ、そんなこと」

「僕らは僕らで、うまくやっていけばいい。違うかい？」

清子がためらっている間に、三隅良一がバーから出て来た。

亜由美はちょっと咳払《せきばら》いをした。

清子が素早く出て来て、

「お兄さん、真直ぐ帰るの？」

「一旦《いったん》会社へ戻るよ」

「じゃ、先に帰ってるわ」

「うん」

――亜由美は、三隅清子の後ろ姿に、どこか寂しげな影が射しているのを感じた。

薄幸の人。――そういう言い方がぴったりくるような、そんな女性だった。

「亜由美、帰ろう！」

聡子がやってくる。「もう、こんなハイヒール、いやだ！　足が痛くて」

亜由美と聡子に、修一郎がタクシーチケットをくれた。

二人は、タクシーに乗るなり、靴を脱いでホッと息をついた。

「――何だか妙なバイトだったたね」

と、聡子が言った。

「うん……」

「でも、ともかく終った！」

と、聡子が伸びをする。

しかし――亜由美には何となく分っていた。

これはまだ小さな「始まり」なのだということが。

「あ、ドン・ファンに何かおみやげと思って、忘れてた」

と、亜由美は言った……。

3　母の秘密

「気に入らない！」

と、谷山《たにやま》はへの字に口を結んで、その写真をにらみつけた。

「そう？」

亜由美は写真を取り上げて、「きれいに撮れてると思うんだけど」

「スカートが短かすぎる！」

と、谷山は文句を言った。

大学の昼休み。――亜由美は助教授の谷山と研究室にいた。

谷山とは一応「恋人同士」。

亜由美は先日のコンパニオンのバイトのときの写真を谷山へ見せたのである。あの北畠
修一郎がわざわざ送ってくれたのだ。

「――もうこんなバイトはやめてくれよ」

と、谷山が言った。「退学にするぞ」

「あ、権力を個人的なことに利用して！」

「これは君のためを思っての、教育的指導だ！」

「子供じゃないのよ」

「子供じゃないから困るんだ！」

とやり合っていると、

「——お邪魔します」

と、若い女性が顔を覗《のぞ》かせた。

「はい？」

「先生、今日は！」

「ああ。——竹沢君だっけ」

「憶《おぼ》えててくれた！　塚川さん、久しぶりね」

「先輩、どうしたんですか？」

竹沢さつきは、答えずに、亜由美の写真を手に取って、

「これ、〈N食品〉のパーティ？」

「え？」

「このバイト、紹介したの、私なのよ。父が〈N食品〉だから」

「あ、そうだったんですか」

「ね、谷山先生。この亜由美さんをちょっと借りていい？」

「ああ。僕は午後の講義がある。亜由美、君は？」

「午後は休講」

「じゃ、ここを使ってくれ」

一時のチャイムが鳴って、谷山は出て行った。

「竹沢さん、私に何か？」

「うん。――ね、あなたって刑事さんと仲いいんでしょ？」

問われて、亜由美はいやな予感がした。

「え？」

話を聞いて、亜由美はびっくりした。「じゃ、〈S食品〉の佐々木って人が殺されたのに出くわしたんですか」

「そうなの。恋人の八田さんって人とね」

と、竹沢さつきは肯《うなず》いた。

「あの事件、まだ犯人は分ってないんですよね」

「怖かったわ。――人が死ぬのを、あんな間近で見るなんて」

「死ぬ間際に、『草が……』って言ったんですってね」

「そう。――どう考えても、そう聞こえたのよ」

と、さつきは肯いた。「警察でも、『聞き間違いじゃないか』って、何度も訊《き》かれたけど、確かにああ言ったわ」

「何か、意味があるんですよ」

「そうね……。亜由美さん、それはともかく、あなたにお願いがあって来たの」

「何ですか？」

「うちの母のことなの」

「お母様の？」

「そう。——母に何か秘密があるの。それを調べてほしいのよ」

亜由美は目を丸くした。

「まあ、あんたにそんなことを頼むなんて」

と、母の清美《きよみ》が言った。「よっぽど目が悪いのね」

「お母さん……」

亜由美がにらむ。

「ワン」

「笑うな」

——ドン・ファンは、塚川家に飼われている（当人は、飼われていると思っていない）ダックスフントである。

「――でも、先輩の頼みだもの。断れないのよ」

亜由美は、竹沢さつきからもらった写真――母親、竹沢君江の写真を眺めて言った。

居間へ、父親が入って来た。

亜由美の父はエンジニアであるが、少し変っていて、

「亜由美！　このふしだらな格好は何だ」

と、あのコンパニオンのときの写真を亜由美の前に置く。

「そんな……。少しスカート丈が短いだけで大げさよ」

「お前は、白雪姫やハイジがミニスカートをはいたとでも言うのか？」

「私はハイジじゃないの」

――少女アニメの大ファンである父は、時々、完全に〈アニメモード〉に入ってしまうのだ。

「嘆かわしい！」

と、父は頭を振って、「純な心の持主はもういなくなってしまった……」

「私、出かけてくる」

亜由美としては、「父の嘆き」に付合っているより、さつきに頼まれたことをする方がましであった。

「クゥーン……」

ドン・ファンがノコノコと玄関へついてくる。

「あんたも行くの?」

「ワン」

「じゃ、ついといで」

ドン・ファンも、父の趣味に付合い切れないと思ったのかもしれない。


「——この辺ね」

亜由美は、住所のメモを見ながら、「これ全部社宅か!」

と、感心した。

ちょっとした団地。——これが〈N食品〉の社宅なのだ。

「ワン」

ドン・ファンが亜由美の足をつつく。

「え?」

ドン・ファンが見る方へ目をやれば——正に、写真の竹沢君江が、棟から出てくるところ。

「あんた、チラッと見せただけなのに、よく憶えてるわね」

「ワン」

ドン・ファンは得意げに顔を上げた。

──竹沢君江は、ちょっとお洒落《しゃれ》をして、「お出かけ」という雰囲気。

しかし、同じ社宅の中、あちこちで知っている奥さんと出会っては、少しおしゃべりをしている。

結局、バス停に行くのに二十分もかかってしまった。

バス停か。──殺人現場の近くである。

竹沢君江も、もちろんそれを知っているのだろう、バスを待つか、少し迷ったようだったが、通りかかったタクシーを停めて、乗り込んだ。

「タクシーで行っちゃったよ」

亜由美は、気がのらないので、却《かえ》ってホッとして、

「これで尾行できないね」

「ワン」

「──え？」

続いて、空車が来ている。

亜由美は仕方なく、停めて尾行を続けることにした。

──平日の午後。

亜由美は、大学の授業がちょうど休みだった。父親も休日出勤の代休とかで、家にいた

のだ。

竹沢君江の夫は〈N食品〉の課長。さっきも出勤している。

よく晴れた秋の日。

「何でこんなことしてなきゃいけないの？」

と、文句を言いつつ、亜由美は竹沢君江の尾行を続けたのである。

そして——君江がタクシーを降りたのは、住宅地の一画、マンションの前だった。

亜由美も少し手前でタクシーを降りたが……。

「ただごとじゃない」

そう思ったのは、マンションで、エレベーターの来るのを待っている君江のことを、そっと外から覗《のぞ》いたとき。

君江は油断なく左右へ目をやり、その表情も、社宅で近所の奥さんたちとおしゃべりしているときとは別人のように、厳しいのだ。

「別人みたいね」

と、亜由美は呟《つぶや》いた。

エレベーターに乗って行く君江を見て、亜由美は考え込んだ。

君江がどの部屋へ入ったか、分るわけもない。——出てくるのを待つしかないだろう。

もちろん、どれくらい待てばいいか、見当もつかないが。

「しょうがないか……」

一旦《いったん》尾行を始めたのだ。やれる限りはやろう。

亜由美はマンションの向い側にある電話ボックスへ入って、見張ることにした。

──ただ待っていると、十分が三十分にも思えてくる。

三十分、四十分……。

一時間たつと、すっかりくたびれてしまった。

殿永など、仕事で何日も張込みをすることがあるのだ。──改めて、亜由美はとても刑事にはなれない、と思った。

しかし、一時間を五分ほど過ぎたところで、君江がマンションから出て来たのだ。

「やった！」

亜由美は電話ボックスから出ようとして──あわてて中へ戻った。

続いてマンションから出て来た男。

「あの人！」

〈N食品〉の社長秘書、三隅良一である。

君江と反対の方向へ歩いて行く。

亜由美は少し迷ったが、やはりここは君江の方だろう、と思った。

急いで君江の後を追って、角を曲ると──。

「何かご用？」

目の前に、君江が立っていたのである。

まさか気付かれているとは思ってもみなかった亜由美、

「あの――あの――」

と、酸欠の金魚よろしく口をパクパクしているばかり。

「後を尾《つ》けて来られたでしょ。気付いてましたよ」

と、君江は言った。「何しろ、その犬が一緒じゃ目立ちますからね」

亜由美は必死で言いわけを考えていた。

ともかく尾行していたことを否定するのは無理らしい。

そのとき、亜由美の頭にあるストーリーがひらめいた。

「私――塚川亜由美といいます。大学生です」

「そのようですね」

「私……気になってたんです。三隅良一さんのこと」

「三隅さんのこと？」

「今、お会いになってたでしょ」

これには君江の方がたじろいで、

「会ったといっても……。まあ確かに」

「やっぱり！」

亜由美はできるだけ「せつない」表情をして見せた。——あまり縁のない感情なので、その気になるのは容易ではなかった。

「あなた……」

「私、この間、Kホテルでの〈N食品〉のパーティのとき、コンパニオンのアルバイトをしました。そこで三隅さんと知り合ったんです」

「——それで？」

「私……三隅さんを愛してます」

亜由美としては精一杯の演技。ドン・ファンは、「見ちゃいらんないよ」という顔でそっぽを向く。

「まあ……」

「でも三隅さんには年上の彼女が、と噂で聞いて、色々当ってみてやっとそれがあなたと分りました。それで、本当に三隅さんと逢《あ》い引きされているのかと確かめたくて、こうして尾行を……。でも、さっきマンションからお二人が出て来られるのを見て、真実と知りました。そうと分ったからは、生きる希望も失《う》せた私です。いっそあなたを刺して私も死のうかと——」

しゃべっている内に、どんどん話が大げさになっていく。内心、「早く止めて！」と叫んでいた。

「ちょっと待って」

と、君江が言った。「確かに三隅さんとは会ってました。でも、私は四十八よ。三隅さんは三十二、三でしょ？　いくら何でも——」

「恋に年齢は関係ありません。それにあなたはとても四十八には見えません。せいぜい——」

四十五にしか、と言いかけて、それじゃちっとも若く見えてない、と思い直した。

「せいぜい——三十五、六です」

かなり無理をしている。

「まあ、そんな……」

と、君江は笑ったが、まんざらでもない様子で、

「よく言われるけどね、四十そこそこにしか見えないって」

「そうですよ！　三隅さんがあなたに恋しても当然です」

「そうじゃないの！　あのね——」

君江はため息をつくと、「困ったわね。あなたが信じてくれないんじゃ。でも、これは秘密なの。話してあげるわけにいかないのよ」

「よく分ります。お二人の愛は表沙汰《ざた》にはできないと……」

「違うってば」

君江はお手上げという様子で、「――分ったわ。じゃ、教えてあげる。でも、誰にも話してはだめよ」

「お約束します」

「あなたは正直な人のようだから……。じゃ、立ち話も何でしょ」

――亜由美は、人間、いくつになっても多少のうぬぼれはあるものだと思った。

「せいぜい三十五、六」

が効いたらしく、君江は亜由美にアンミツをおごってくれた。

「――私はね、〈N食品〉の社員なの」

君江はお汁粉を食べながら言った。

「ご主人もですよね」

「そう。娘のさつきも関連会社で働いてるわ」

「じゃ、一家みんなで……」

「でも、私は家でも社宅でも、専業主婦だということになってるの」

「どういうことですか？」

「私は〈N食品〉の秘密社員なの」

「秘密社員？」

「あなたは知ってるかどうか……。〈N食品〉と〈S食品〉はずっとライバル同士なの」

「聞きました」

「お互い、相手の販売戦略から、新製品の情報まで、いつも探り合ってる」

「凄《すご》いですね」

「互いに、その情報を仕入れるために、相手にスパイを送り込んでるの」

「スパイ!」

「そう。会社の掃除人、出入りしてるピザ屋さん、保険のおばさん……。あらゆる人がスパイの可能性があるわ」

「はあ……」

亜由美は呆気《あっけ》に取られていた。

「〈N食品〉の社宅の中にもスパイがいるかもしれない。そのスパイを捜すのが、私の仕事なの」

「で――本当にいるんですか、そんなスパイが」

「ええ。私は結婚以来ずっと社宅に住んでるわ。もちろん、ずっと秘密社員だったわけじゃなくて、あの三隅さんに頼まれてお引き受けしてから十年かしら。その間に、〈S食品〉のスパイを四人発見したわ」

「はあ……」

そんなスパイが本当にいるってことにもびっくりだが、それを捜す、またスパイみたいな仕事が本当にあるというのだから……。

「それって、どういう人でした?」

「社宅の中のコンビニで働いてた男の子。大学生のアルバイトってことだったけど、どう見ても大学生にしては年齢《とし》がいってる気がして」

「へえ……」

「ま、ともかくお役には立ってるわけ」

「分りますけど……。そこまでしなきゃならないものなんですか」

亜由美の言葉に君江は微笑んで、

「はた目には、ずいぶん大げさな、と思うでしょうね。でも、向うがやめない限り、こっちもやめない。スパイって、そういうものですからね」

「はあ……」

「納得してもらえた? 三隅さんと会ったのは、月に一回、あのマンションで、報告をして月給を受け取るため。毎月この日と決っているの」

「分りました。——妙なことでご迷惑をおかけしてすみません」

「いいえ。いいのよ。若い人が羨《うらや》ましいわ」

と、君江は楽しげに言った。「でも、三隅さんもやるわね。まあ、独身だし、誰と恋をしたって構わないけど」

「三隅さんは何も知らないんです！　黙ってて下さいね。お願いです」

「あら、片思い？　すてきね。私も、片思いでもいいから、恋がしてみたい」

「できますよ、今からでも！　若いんですもの」

「ちょっと待って。私はね、亭主がいるのよ」

「あ、そうか。忘れてた」

「面白い人ね、あなたって」

二人は一緒に笑っていた。

4　恋の仲立ち

穏やかな暖かい日。

暦からいえば「冬」だというのに、ポカポカ陽気の午後、亜由美はキャンパスのベンチで日に当っている内、居眠りをしていた。

午後の最初の授業が休講なので、すっかりのんびりしていたのである。

ああ、幸せ……。

いい気分で眠り込んでいた亜由美、やっと目を覚まして大欠伸《あくび》してから、ベンチに誰かが並んで座っているのに気付いた。

「——目が覚めたかい」

と、ちょっとからかうような笑みを浮かべているのは——。

「あ……。専務さん」

「おいおい、肩書で呼ぶのは勘弁してくれよ。北畠修一郎って名があるんだから」

「ごめんなさい」

あの、〈S食品〉の社長の息子だ。亜由美は思い出して、

「お父様、大丈夫でしたか？　急性アルコール中毒って、怖いですから」

「平気さ、もちろん」

「すみませんでした」

「いやいや。――実はね、今日は君にちょっと頼みがあって」

「私に？」

「うん。――この間、パーティに一緒に来てたお友だち、いるだろ」

「聡子ですか。神田聡子」

「あ、そうそう。神田君だったね」

「聡子に用ですか？　今、講義中だと思いますけど」

と、亜由美は腕時計を見て、「あと三十分もすれば終って出てくると思います」

「そうか。――実はね、神田君に伝えてほしいことがあるんだ」

「じゃ、本人に言って下さいよ。急ぐようなら呼び出しましょうか。ケータイにかければ
……」

「いや、いいんだ。君から伝えてほしいんだけど」

「いいですけど……。何て言えば？」

北畠修一郎は、ちょっと咳払《せきばら》いをすると、

「当方三十二歳、独身」

「は？」

「〈S食品〉専務。といっても、大した仕事はしていない。前科なし」

「――大丈夫ですか？」

亜由美は本気で心配していた。

「こういう僕で良かったら、付合ってもらえないか、と訊《き》いてみてほしい。では、よろしく頼むよ」

と、早口で一気に言うと、修一郎は立ち上った。

「これに僕のケータイの番号が書いてある。よかったら電話をくれと伝えてほしい」

名刺を渡され、呆気に取られる亜由美。

「あの……」

と、声をかけたときには、既に北畠修一郎は大股《おおまた》に立ち去って行くところだった。

すれ違う女子学生が、みんな振り向いて見ている。――あのすてきな人、誰？　そう囁《ささや》き合うのが聞こえてくるようだ。

「――聡子の奴！」

と、亜由美は思わず呟《つぶや》いていた。

〈S食品〉の社長の息子が惚《ほ》れた？――亜由美はすっかり眠気が覚めてしまった。

ま、もちろん亜由美には谷山という恋人がいる。別に聡子を羨ましいと思いはしないが……。

しかし、そこは微妙なところで、北畠修一郎は亜由美と聡子を一緒に見て、聡子の方に心ひかれたというわけで、そう考えると亜由美も少々気にかかる……。

「――何言ってるの！　人には好みってものがある！」

ここは聡子を祝福してやろう。

「――早く出て来ないかな」

教えてやったときの聡子の驚きぶりを楽しみに、聡子の来るのを待っていると、亜由美のケータイが鳴った。

「誰だろ？――はい」

と、出てみると、

「塚川亜由美さん？」

「そうですが」

「僕は〈N食品〉の三隅といいます」

「あ――。どうも」

亜由美は一瞬焦った。

竹沢さつきに頼まれて、さつきの母親、君江を尾行した結果は、まだ連絡していない。

母親がそんな仕事をしていると知らせていいものやら、迷っていたのである。

「その節はどうも」

と、三隅は相変らず律儀な口調で言った。

「いえ、こちらこそ」

「突然お電話して申しわけない。今、話していても？」

「はい。あの――今、休講で時間を潰《つぶ》しているので」

さては、あのとき出まかせにしゃべったことを、君江が三隅に知らせたな、と直感した。

「それなら良かった。実は先日ホテルにコンパニオンとして来ていただいて、あなたとお友だちのことが印象に残っていましてね」

「恐れ入ります」

「それで――突然でご迷惑かとは思ったのですが」

「はあ、何でしょう」

「実は、あなたにお願いしたいことがありまして」

「どういうことでしょう」

「それがですね――」

「やあ、亜由美」

聡子が芝生をやって来た。「ヒマそうね。昼寝してたんでしょ。図星？」

「それがね。電話や来客で忙しくて、眠ってもいられなかったの」

「へえ。来客って？」

「あのね——」

亜由美は、言いかけて言葉を切り、まじまじと聡子を眺めた。

「——何よ、顔に何かついてる？」

「聡子、催眠術でも習った？」

「何、それ？　催眠術って？」

「いえ、いいの。——別に私はちっとも気にしてやしないのよ。本当よ」

「だから何の話よ」

「でもね——長年の親友として、ちょっと引っかかるの」

「魚の小骨でも喉《のど》に引っかかった？」

「私、ランチはハンバーグだったわ」

「じゃ、何なのよ」

亜由美は名刺を聡子の方へ差し出した。

「これ」

「名刺？——ああ、この人って、この間のパーティのときの。社長の息子でしょ。この人がどうしたの？」

「そこに書いてあるケータイに『よろしかったら』連絡してくれって」

「——私が？　どうして？」

「聡子のことがね、気に入って忘れられないんだって。凄《すご》いじゃない。向うは次期社長だよ」

聡子は目をパチクリさせていたが、

「——今日、四月一日？」

「冬よ、今」

「じゃ、本当に？——驚いた！」

「驚くのはまだ早い。——はい、これ」

と、亜由美はメモを渡す。

「このケータイの番号、誰の？」

「〈N食品〉の社長秘書、三隅良一さん」

「三隅……。ああ、あの真面目人間」

「そう」

「これがどうしたの？」

「あのね、その方も聡子に心ひかれて、ぜひお付合いしたいんですって」

聡子は、ちょっと呆気《あっけ》に取られていたが、

「亜由美ったら！　冗談きついよ！」

　と笑い出した。

「冗談なんかじゃないの。——ま、取りあえず、両方と会ってみたら？　聡子の魅力に惑わされる哀れな男たちに」

「ちょっと……。本当なの？」

「聡子、ひそかに女の魅力を磨いてたのね。私、ちっとも気付かなかった」

「私が磨くのなんて、靴ぐらいよ」

「ともかく、同時に二人の男性から求愛されたんだもの。聡子は自信を持っていいわよ。私も、こんな友人を持って鼻が高いわ」

　言葉とは裏腹に、亜由美の声は次第にやけな気分が強くなって、「しっかり将来の社長夫人の地位を確保したいなら北畠修一郎ね。地道にコツコツ暮していく方が性に合ってるなら、三隅さんか。——どっちを選ぶも聡子の自由！」

「そう言われても……」

　聡子も唖然《あぜん》として、名刺とメモを交互に眺めているばかりだった……。

「まあ、そうなの」

　と、塚川清美は居間で紅茶を出しながら、

「世の中には、よく見ている男性もいるのねえ」

「——お母さん」

と、亜由美はカチンと来て、「それって、どういう意味？」

「ちょっと、ケンカしないで」

と、聡子が間に入って、「それより、どうしたらいい？　二人の誘い、両方に応じたらちょっと無責任でしょ」

「好きにしたら？」

と、亜由美は冷たく、「私、そういうぜいたくな悩みをした経験がないんで、分らないわ」

「いいのよ、この子のことは放っといて」

と、清美は聡子の方へ、「遠慮することはないわ。二人とデートしちゃいなさい」

「二人と、ですか？」

「そう！　一緒にデートすれば、お互い対抗意識が燃え上って、何でも買ってくれるかもしれないわ」

「そこは考えなかった！」

「いざ、どこかに泊ることになったら、そのときはどっちか一人にするのよ」

「変なこと、たきつけないで！」

と、亜由美は眉《まゆ》をひそめた。

「でも、ねえ……」

聡子は、北畠修一郎の名刺と、三隅良一のケータイ番号のメモを両手に持って、交互に眺めてはため息をついた。

「――悩むことはない」

と、居間へ入って来たのは、父の塚川貞夫《さだお》。

「お父さん――」

「恋とは、前の世から定められていた運命なのだ。その二人と会って、もし結ばれるべき相手がいれば、妙《たえ》なる楽の音が響き渡る」

父は、少女アニメ大好き人間なので、発想もそうなる。

「映画のサントラじゃないんだから」

と、亜由美は言った。「ともかく、連絡してあげないと気の毒よ」

「うん……」

聡子は迷っていた。「ドン・ファン、どうしたらいいと思う？」

カーペットに寝そべっていたドン・ファンは、ちょっと頭を上げただけで、全く関心がない。

「むだよ。ドン・ファンは女の子にしか興味ないもの」

「そうか……」

聡子はため息をついた。

「じゃ、こうすれば？」

と、清美が言うと、

「そうします！」

「まだ言ってないわ」

「でも、いいです。ともかくその通りにすると決めとけば、迷わなくてすむし」

聡子も相当いい加減なところがあるのだった。

5 罠《わな》とエサ

というわけで……。

清美の提案通り、亜由美と聡子は連れ立って、待ち合せたホテルのラウンジへやって来た。

「――少し早過ぎたね」

と、亜由美は言った。「コーヒーでも飲んでよう」

「うん……」

聡子は落ちつかなげにキョロキョロしている。

二人とも、一応スーツなど着て、少し大人の雰囲気。

「――コーヒーください」

亜由美は注文して、「ね、どっちが先にやってくると思う?」

「知らないよ」

清美の提案は、

「二人で行って、先に来た相手と神田さん、残りが亜由美ってことにしとけばいいのよ」

ともかく、いい加減なことは同様である。

「でも……」

と、亜由美は言いかけてやめた。

「──どうしたの？」

「何でもない」

亜由美はすっかり忘れていた。

三隅良一の妹が、北畠修一郎とラブシーンを演じていたことを。

してみると、この誘いは何なのだろう？

そのとき、ラウンジへ、三隅良一が入って来るのが見えた。

「あ、来たよ」

と、亜由美は言った。「聡子、いいの？」

「うん……」

聡子は、わずかにためらってから肯《うなず》いた。

「正直な奴」

と、亜由美は笑って、「いいわ。こっちは私が引き受ける」

聡子にしてみれば、どっちも条件としては変らない。そうなれば、外見も雰囲気も、やはり北畠修一郎の方が上なのである。

亜由美は立って行くと、

「――今日は」

「ああ、塚川さん。――彼女は？」

「それが、今日はどうしても外せない約束があるんです。私、責任を持って、三隅さんの言葉を伝えますから」

「分りました」

三隅は笑って、「いいお友だちがいて、聡子さんも幸せだ」

「じゃ、どこかへ行きましょうか」

「そうですね。ともかくお食事でも」

「聡子の代りに味わいます」

と、亜由美は言った。

二人がラウンジを出たとたん――。

「やあ、三隅」

バッタリと北畠修一郎と出くわしてしまったのだ。

まずい！――こうなっては、変にごまかしても仕方ない。

「聡子は体が一つしかないもので」

と、亜由美は言った。

「え？　それじゃ、三隅も？」

「修一郎もか！」

決闘、なんてことにならないように、亜由美はひたすら祈るばかりだった……。

「――予約したレストランまで同じなんてな！」

と、修一郎は笑って、「どうせ、ここで出くわすことになってたわけだ」

「そういうことだな」

三隅はメニューを眺めて、「しかし、お前はどうせ会社の接待費で落すつもりだろ。俺はちゃんと自分の財布から払う」

「俺だって自分で払うさ」

と、修一郎は言い返した。「ただ、払いは親父の方へ回るってだけだ」

――結局、決闘騒ぎにはならなかった。

亜由美と聡子の二人と、男二人。――四人でデートという妙な光景になったのである。

しかも、二人が予約していたのが同じレストラン。

個室で、とりあえず四人はシャンパンで乾杯した。

「何か、私一人が儲《もう》かっている」

と、亜由美は言った。

「いや、こうして四人でっていうのも楽しい。──なあ、三隅」

「うん」

修一郎はよくしゃべり、三隅は黙々と食べている。

「──お二人に伺いたいんですけど」

と、聡子が食事の途中で言った。「どうして私に？　亜由美じゃなくて」

「ちょっと、聡子。私を傷つけるつもり？」

「違うよ。でも、やっぱり気になるの」

「それはまあ……第一印象でね」

と、修一郎が言った。

「そう、そういうことかな」

と、三隅も肯く。

「──何かが変だな」

聡子は笑って、「お二人とも、プレイボーイってわけじゃなさそう」

「聡子、どういう意味？」

「プレイボーイなら、何かもう少し気のきいたことを言うと思うわ」

「いや、それは──」

と、修一郎が言いかけたとき、亜由美のケータイが鳴った。

「殿永さんからだ。——もしもし」

亜由美は少し話してから、「あの、申しわけないんですけど」

と、修一郎と三隅の方へ言った。

「もう一人、ふえてもいいですか？」

「いや、誠に好都合でした」

殿永は、四人がちょうど食後のコーヒーを飲んでいるところへやって来た。

殿永もコーヒーを頼んでおいて、

「ここに、ちょうどお話を伺いたいと思っていた方がお二人ともおられる。まるで注文したようだ」

「この間の佐々木君の件ですか」

と、修一郎が言った。

「ええ。——実は預金通帳を調べて、面白い事実を発見しました」

と、殿永は言った。「給料は毎月二十五日の振込みですね」

「そうです」

「毎月、〈S食品〉の社員として当然のことながら、給料が振り込まれているのですが、その数日後に必ず現金でほぼ同じ額が入金されているのです」

「毎月?」

と、亜由美が訊《き》いた。

「毎月です。現金で、自分で預け入れている。――つまり、〈S食品〉以外の所から、現金の収入があったということなんです」

「現金の収入……」

――少しの間、沈黙があった。

「三隅」

と、修一郎が言った。

「何だ?」

「分ってるんだろう?」

「何が」

「とぼけることはない。――佐々木治は、〈N食品〉のスパイだったんだ」

聡子が、それを聞いて目を丸くした。

「――それで分ったわ」

と、亜由美が言った。「佐々木って人が殺されたって聞いたとき、三隅さん、青ざめましたものね」

「いや、それは……」

「三隅。〈N食品〉の社員としては認めるわけにいかないかもしれないが、今、ここにはお前の会社の人間はいない。ここだけの話ってことにしてもいい、だから、率直に話そう」

「僕は知りません。何も」

三隅は口をとざした。

修一郎はため息をついて、

「全く、お前は……。俺は何も〈N食品〉に文句をつけようってんじゃない。〈S食品〉だって同じことをやってる。お互い様じゃないか」

「スパイですか」

殿永が肯《うなず》いて、「大したものだ。ライバル企業もここまでくると……」

「当社は全く関知していません」

三隅が突っぱねた。

少し気まずい空気になる。

亜由美は、わざと軽い口調で、

「いいのかなあ。三隅さん」

「何です？」

「そういう、『会社人間』が、聡子は一番嫌いなんですよ。ね、聡子？」

チラッと聡子を見てウインクして見せる。

「本当。――そういう人って、恋人と会社、どっちが大事かって言われたら、絶対会社を取るわよね」

「いや、それはまた話が別で――」

「どうして別なの？　私、いやだわ。誕生日にも『残業があるから』とか言って、約束すっぽかすような人」

「僕は決して――」

「あら、それじゃ私には本当のことを話してよ。正直に話せないような間柄じゃ、信用できないでしょ」

「それはしかし……」

三隅は結構本気で焦っている。

亜由美は、少なくとも三隅の方は本当に聡子にひかれているらしい、と思った。

「私からもお願いします」

と、殿永が言った。「これは殺人事件の捜査です。たとえ関係ないと思っても、少しでも可能性のある線はたぐっていかねばなりません。ここでお話しいただけないと、署で伺うことになります。そうなると、マスコミもかぎつけてくるでしょう」

三隅は、諦《あきら》めたように息をついて、

「ここでの話、他言しないでいただけますか」

と言った。

「捜査の展開上、どうしても必要になれば別ですが、まずそういうことはないでしょう」

「――分りました」

三隅はコーヒーを一口飲んで、「確かに、佐々木治は〈N食品〉のスパイでした」

「それはいつからのことです？」

「この五年くらいじゃないかと思います。僕が知ったのは、この二年くらいですが」

「確かに、五年ほど前から、お金が入り始めています」

と、殿永が肯く。

「きっかけは何だったんだ？」

と、修一郎が訊いた

「聞いた話だと、母親が交通事故にあって、寝たきりの状態になったらしい。介護などに金がかかって、会社から借りようとしたが断られたそうだ」

三隅の話に、修一郎は顔を赤くして、

「何てことだ！　断った上司を処分してやる！」

と言った。

「しかし、なぜそのスパイが殺されたか、です」

と、殿永が話を戻した。「三隅さんは、当人から何か聞いていませんでしたか」

「いや、そういう危険は全く……。ただ、何か大きな情報をつかんでいると言っていました」

「それはどんな？」

「中身については、何も言いませんでした。はっきりしてから、と言って。——正直、スパイを使うといっても、有能な人間は限られています。あの佐々木という男も、あまり役に立ったためしがない」

「でも殺されたってことは……」

と、亜由美が言った。「本当に重要な情報をつかんでたんですよ、きっと」

「待ってくれ」

と、修一郎が言った。「それじゃ、佐々木君を殺したのが〈S食品〉の人間だということになる」

「あ、そうか」

「いくら何でも……。お互い、探り合ってはいても、国際スパイとは違う。人殺しまでしませんよ！」

「そうかしら」

と言ったのは、聡子だった。

「――夜道で、お年寄を襲って大けがさせたのよ」

「うちの父がね、この間言ってたの。大学のころの友人が、捕まったって。――夜道で、お年寄を襲って大けがさせたのよ」

「どうして？」

「その人、年代的にもリストラされそうで焦ってたのね。そこへ、上司から『あの家を立ちのかせろ』って命令されて、交渉してたんだけど、そこのお年寄が頑固で絶対にいやだって聞かなかったんですって」

「それで暴力を？」

「殺すつもりだったって。『死ねば、立ちのいてくれる』と思ったっていうんだけど」

「ひどい話だ」

と、殿永が言った。

「ねえ。人を殺せば、リストラどころじゃないでしょ。それでも、人間追い詰められると、そんなことも分らなくなるんだわ。――北畠さん。あなたがどう思っても、上の何げないひと言を、下の人々は命がけで実行しようとするんです。スパイと知って、殺そうと思ってもふしぎじゃありませんよ」

聡子の話は、修一郎、三隅の二人をしばし考え込ませた。

「――三隅」

「何だ」

「もう、こんなことはやめよう」

と、修一郎は言った。「馬鹿げてる。——どうだろう、お互い、スパイは公表して、互いに自分の社で引き取る」

三隅はしばし腕組みして、考え込んでいたが……。

「——僕は賛成だよ」

「ありがとう！」

「でも、僕はただの社長秘書だ。上層部へ話しても、果して耳を貸してくれるかな」

「何とか説得してくれ」

「それに、もし認めてくれたとしても——」

三隅は少し当惑したように言った。「一体誰がうちのスパイなのか、よく分らないんだ」

「——そいつは困ったな」

「何しろ、何十年も続いて来たわけで、今会社にいる誰よりも長いんだからな」

三隅は、そう言って、「お前はどうなんだ？　〈S食品〉のスパイを全部知ってるのか？」

修一郎は渋い顔で、

「調べる。——給与の支払の記録を見れば……」

「待って」

と、亜由美が口を出した。「それだって、果して全員のことが分るとは限らないでしょ？」

「うん、まあ……」

「だったら、何かエサをやるのよ。スパイなら、必ず食いついてくるような」

「エサ？」

「そう。――〈N食品〉〈S食品〉両方でそれをやれば、きっとみんなの正体が分る」

少し間があって、

「面白い」

と、修一郎が言った。「が、どんな情報にするかが問題だ」

「この方は、事態を混乱させる天才でして……」

と、殿永は言った。

6　ロミオとジュリエット？

「わけが分らないわ」

と、竹沢さつきはため息をついた。

「僕が頼りないからさ」

八田が力なく肩を落としている。

「そんなこと！——父だって、あなたがいけないわけじゃないって」

「でも、他に考えられないよ」

「何かあるのよ」

さつきは首を振って、「お父さんらしくない。——おかしいわ」

二人して、夜道をバス停までやってくる。

つい、二人の目は、この前ここへ現われて死んだ男のことを思い出して、植込みの方へ向くのだった。

——八田は、今日こそさつきとの結婚の許可をもらおうと、張り切ってやって来た。

しかし、竹沢法和の返事は、

「もう少し待て」

だった……。

「ともかく、理由も言わないで『待て』って言われてもね」

さつきも不平たらたらである。

「僕は嫌われてるんだ」

「違うわ！」

さつきは、八田を抱きしめて熱くキスをした。

「――私たち、いざとなったら、父のことなんか放っといて、結婚しちゃえばいいんだわ」

「しかし……」

「諦《あきら》めないで」

「うん」

と、八田は肯《うなず》いて、「僕が〈S食品〉に勤めてるとでもいうのならな。反対されても分るけど」

「そうね。――ちょうど〈ロミオとジュリエット〉みたいに？」

「ロマンチックだけど、あの二人みたいに死んじゃうのはいやだ」

「馬鹿ね。私たちは普通の社員。立場が違うわ」

「あ、そうか。悲劇にならない」

と、八田は笑った。

すると——植込みがガサッと音をたて、二人はびっくりして飛び上った。

「誰かいる！」

——そこへ、植込みから出て来たのは……。

「犬か」

と、八田が胸をなで下ろす。

「見かけないダックスフントね」

と、さつきがかがみ込んで、その頭をなでてやる。

「きれいな犬だわ。——どこのだろ？」

「あ、バスだ。それじゃ」

「電話するわ。後で」

「うん」

バスが来て、八田が乗り込む。

さつきは手を振って、そのバスを見送った。

「——帰るか」

と呟《つぶや》くと、

「どうも……」

と声がして、さつきは、

「キャッ！」

と、叫んで飛び上った。

「ごめんなさい！　びっくりさせるつもりじゃ……」

「あなた……。塚川さん！」

「すみません。現場を見てみようと思って――」

「この犬、あなたの？」

「ええ、ドン・ファン。挨拶《あいさつ》しな」

「クゥーン……」

甘えた声に、さつきは笑って、

「まあ、何だか色っぽい声出すのね」

「美人が好きなので」

と、亜由美は言った。

「――まあ、あの人、〈N食品〉のスパイだったの？」

話を聞いて、さつきは目を丸くした。

社宅へ戻る途中、二人（と一匹）は、小さな公園のベンチに腰をおろしていた。

「この辺りで殺されたっていうことが引っかかるんです」

「でも――そんなこと、本当にあるのね！　驚いた！」

啞然《あぜん》としているさつきへ、

「もっと驚くこともあるんです」

と、亜由美は言った。「お母様のことで」

「母のこと……。調べてくれたの？」

「尾行しました」

「それで？」

「あるマンションで、男の人と会っていました」

さつきの顔がこわばる。

「そう……。何か変だな、とは思っていたのよ。でも――母も女だし」

「そういうんじゃないんです」

「というと？」

「お母様は――何て言うんでしょう、〈スパイハンター〉なんです」

「――何、それ？」

亜由美の話に、さつきは言葉もなく、ただ呆然《ぼうぜん》としていた。

「──でも、〈S食品〉のスパイだった、なんていうよりいいでしょ？」

「そりゃそうだけど……」

さつきは息を吐いて、「びっくりすることばっかり！」

「ワン」

ドン・ファンが吠《ほ》えた。

人影が近付いて来る。

「──お父さん」

「さつき。帰りが遅いから心配で見に来た」

「ごめん。──この人、大学の後輩で、塚川さん」

「初めまして」

と、亜由美は挨拶して、「じゃ、私、また連絡します」

「うん、ありがとう」

さつきは、ちょっとドン・ファンの頭をなでて、父親と一緒に帰路につく。

「──聞いた、ドン・ファン？」

と、亜由美は言った。「私、閃《ひらめ》いちゃったわ！」

「クゥーン……」

ドン・ファンの声は、どこか不安げに聞こえたのだった。

「さ、帰ろう」

と、亜由美がドン・ファンを促して、バス停の方へ戻ろうとする。

突然ドン・ファンが、

「ワン!」

と一声吠えると、パッと飛び上って、亜由美に飛びかかった。

「何するのよ!」

亜由美がびっくりして身をかがめると——。

ヒュッと風を切る音がして、何かが亜由美の耳もとをかすめた。

「え?」

振り向くと、木の幹に、ナイフが突き立っている。

あれを投げつけた人間がいる!

木立ちの間を走り抜ける人影があった。

「追ってもむだだわ」

亜由美は、ハンカチを取り出してそのナイフを抜き取ってくるんだ。

「——サンキュー、ドン・ファン。命拾いしたわ」

「ワン」

「あんたもたまにゃ役に立つわね」

ドン・ファンは心外な様子で、

「ワン！」

と吠えたのだった。


「――ロミオとジュリエット？」

北畠修一郎は、亜由美の話を聞いて目を丸くした。

「〈N食品〉の社長のところに、娘さん、いませんか」

と、亜由美は訊《き》いた。

「う～ん……。社長は尾崎っていうんだ。尾崎充夫《みつお》。――子供のことまで知らないな」

「もし娘さんがいたら、あなたと結婚することになった、という情報を流すんです」

「それで〈ロミオとジュリエット〉か」

修一郎は笑って、「君は面白いことを考えるね。よし、待っててくれ」

――亜由美は、〈S食品〉の本社ビルへやって来ていた。

修一郎と、ビルの最上階のティールームで会っていたのである。

修一郎が一旦《いったん》席を立って行き、亜由美はコーヒーを飲みながら、景色を眺めていた。

「――失礼」

という声に振り向くと、

「あ……。三隅さんの……」

「三隅清子よ。あなた……あのときのコンパニオンね！」

「そうです」

清子は、ちょっと気取った表情になって、

「修一郎さんがここだと聞いて」

「あ、すぐ戻られますよ。今、ちょっと調べもので」

「あなた、どうしてここに？」

と、清子は言った。「修一郎さんとはどういうお付合いなの？」

「まあ……知り合い、っていう程度です」

と、亜由美は言った。「清子さん、修一郎さんと——愛し合ってらっしゃるんですよね？」

清子は赤くなって、

「そんなこと、あなたと関係ないでしょ」

「この間、お二人の話してらっしゃるの、聞いちゃったんで」

「——そう」

清子は腰をおろして、「でも、私の兄は〈N食品〉の人間だし」

「清子さんは？」

「私は通訳の仕事をしてるの。フリーでね」

と、清子は言った。「アメリカのお客の接待で、修一郎さんと会って……」

そこへ、修一郎が戻って来た。

「——君か」

「ごめんなさい、お邪魔して」

「いや、いいんだ。——この塚川君と話をしててね。すぐすむから」

「向うで待ってる」

清子は、離れた席へと移って行った。

「——調べたよ」

と、修一郎は言った。「尾崎社長には娘がいる。尾崎由紀」

「そうですか」

「問題は——まだ十六歳の高校生ってことだ」

と、修一郎は笑って、「婚約発表ぐらいならできるか」

「でも——清子さんがショックを受けられると」

「え？　ああ……。彼女とは、ギクシャクしてしまってね」

「〈ロミオとジュリエット〉じゃないですか」

「悲劇に終るのかい？」

「いえ、今なら——駆け落ちでも何でもすればいいんです」

「駆け落ちか……」

修一郎は、何か考え込んでいたが、「——じゃ、また連絡するよ」

と、立ち上った。

亜由美は、先にティールームを出ようとして振り向いた。

修一郎が、清子と話している。

「——何とかしなきゃ」

わけも分らずライバル会社だというだけで……。

でも、殺人があったのだ。

このままではすまないだろう。

亜由美は、コーヒーだけじゃなくて、ケーキも食べれば良かった、と思いつつ、ティールームを出たのだった……。


夜中の訪問というのは、たいていあまりいいことがない。

いくら「変わったことの好き」な亜由美でも、夜中の二時過ぎに玄関のチャイムを「壊されるか」と心配になるほどの勢いで鳴らされたらびっくりする。

「——ちょっと！　ドン・ファン、どこなのよ！」

ベッドから出た亜由美は、忠実な番犬（?）を呼んだが、返事がない。

全く、もう！　役に立たない奴！

亜由美は自分の部屋を出て、危うく母親と正面衝突するところだった。

「お母さん、起きたの！」

「ちょうど、お水を一杯飲みたくてね。——誰なの?」

「知らないわよ、早く出て」

「はいはい」

と、清美が階段を下りて行く。

「お父さん、起こそうか?」

と、声をかけると、

「いいわよ。よく寝てるの。そっとしといてあげなさい」

「そういう呑気《のんき》なことを言ってる場合じゃ……」

亜由美は両親の寝室へ飛び込んで、父、塚川貞夫を起こそうとした。

しかし、相変らずチャイムが鳴り続ける中、塚川は、いともスヤスヤと眠っていて、

「お父さん！——ちょっと、お父さん！」

と揺さぶったくらいじゃ、起きそうにない。

その内、何の夢を見ているのか、

「クララ……。すてきだよ……」

と呟《つぶや》いている。

仕方ない。

亜由美は、パジャマの上にカーディガンをはおって、こわごわ階段を下りて行った。

「お母さん、大丈夫？」

と、声をかけると、玄関に母の姿はなく、相変らずチャイムが鳴っている。

亜由美は心配になって、

「お母さん！　どこにいるの？」

「大声出さなくても聞こえるわ」

清美が居間から顔を出している。

「お母さん、どうして出ないのよ！」

「お前がせっかく下りて来たのに、悪いから」

「そういうときに『せっかく』はないでしょ！　出るわよ、もう！」

亜由美が玄関へ下りて、「――どなた？」と、大声を出すと、

「北畠だ！」

「え？」

一瞬、考えてしまった。「――北畠さん？　嘘ついたってだめよ！　北畠さんはそんな

声じゃないわ」

と、ドア越しに言ってやると、

「俺は元々、こういう声だ！」

と、向うは怒っている。

「え？――北畠修一郎さんじゃ？」

「父親の北畠勇三だ！」

〈S食品〉の社長！

「待って下さい！」

亜由美はあわてててロックを外し、ドアを開けた。

「――息子はどこだ？」

と、鼻息も荒く入って来た北畠勇三は言った。

「息子さん？　修一郎さんがどうかしたんですか」

「知らんわけはあるまい。あいつをそそのかしたのは君だろう」

「待って下さい。何のお話だか……」

そこへ、清美が顔を出して、

「亜由美の母でございますが」

「お母さん、あの――〈S食品〉の社長さん」

「まあ！　いつもうちは〈S食品〉を愛用いたしておりますわ。さ、どうぞお上りになって」

北畠勇三の方も、清美の出現で調子が狂ったのか、素直に居間に上り込んだ。

「——修一郎さんが駆け落ち？」

話を聞いて、亜由美は目を丸くした。「でも——相手は誰です？」

「それは君の方がよく知ってるだろう」

「私が、ですか」

清美はお茶を出しながら、

「娘は駆け落ちなどいたしません。大体、それほどもてませんし」

「余計なことを言わなくていいの」

と、亜由美は母をにらんだ。

「はいはい。そういう怖い目をするから、もてないのよ」

そこへ電話が鳴り出し、清美が受話器を取った。

「——あ、どうも。いつも娘がお世話に。——え？——あらま」

清美は亜由美の方へ、「亜由美。神田さんのお母様から」

「聡子の？」

「聡子さんがね、駆け落ちしたんですって」

亜由美は腰を抜かしそうになった。

7　悩みは深し

偶然ということはあるものだ。

竹沢さつきは、午後の仕事が始まると、すぐに「おつかい」を頼まれた。

「——分りました」

と、書類を預かって、「あ、この会社、社宅のすぐそばなんですよ」

偶然、自分の住んでいる社宅から、ほんの五、六分の所に、その書類を届けることになったのである。

会社を出て、いつも帰宅するのと同じルートで届け先へ向っていると、途中、駅のホームで電車を待っているとき、ケータイが鳴った。

「——あ、私よ」

恋人の八田夏人からである。

「実はね、竹沢さんが……」

「父が？　どうかしたの？」

「さっき営業から戻ったら、竹沢さんの課の子と廊下で会ってね、『課長さんの様子がおかしかった』って言うんだ」

「父の様子が、って……。どういうこと？」

「何だか、ひどく考え込んでて、悩んでる様子だったって」

「へえ……。どうしたのかしら」

「それで、早退されたそうなんだよ」

「父が早退？」

「ちょっと心配になってね」

「分った。ありがとう、わざわざ」

電車が来るのが見えた。「今、外出中なの。また連絡するわ」

さつきは、電車に乗って、少し気はひけたが、そう込んでいなかったので、ケータイで自宅へかけてみた。

しかし、誰も出ない。

むろん、母も出かけることはあるし、電話に出ないからといって、ふしぎはないが……。

父の様子が……。

五十歳前後の、父と同世代の男たちは生真面目で仕事一筋の人間が多い。

何かで壁にぶつかると、思い詰めてしまうのである。

社宅に近くなるにつれて、さつきの中で徐々に不安がふくれ上って来た。

「おつかい」の仕事ではあるが、一刻を争うわけではない。父にもし、万一のことがあったら……。

さつきは、気が付くと社宅近くのバス停でバスを降り、自宅へと急いでいた。

社宅の敷地へ入ると、

「あら、さつきちゃん、どうしたの？」

と、声をかけられた。

「あ、岡崎さん」

人事部の岡崎課長の奥さんである。

「ひどくあわてて、何かあったの？」

「いえ、ちょっと――忘れものを」

と、さつきは会釈して、「失礼します」

と、小走りに先を急いだ。

玄関の鍵《かぎ》をあけるのももどかしく、

「――お父さん！」

と、中へ入って呼びかける。「お父さん！　どこ？」

「――どうしたんだ？」

父が浴室の前に立っている。

「お父さん……。良かった！」

と、さつきは息をついたが、「——お風呂場《ふろば》で何してるの？」

「いや……。何でもない」

様子がおかしかった。

右手を後ろへ隠している。

「何を持っているの？」

「何も持っちゃいないよ」

「隠してるじゃないの。出して見せて！」

「さつき、お前は——」

さつきは大股《おおまた》に歩み寄ると、父の右腕をつかんで引寄せた。

右手にはカミソリが握られていた。

「こんな時間にヒゲ剃《そ》りでもないでしょ」

と、さつきはカミソリを取り上げると、「何があったの？」

「さつき……」

「本当のことを言って！」

青ざめた竹沢は、肩を落として、

「俺の——三十年は何だったんだ」

と、ため息と共に言った。

「どうしたっていうの？　リストラにでもあった？　そんなの、珍しいことじゃないわ」

「さつき……」

「クビならクビでいいじゃない。食べていくぐらい、私が何とかするわ」

「違うんだ」

と、竹沢は首を振った。

「それじゃ――」

「さつき」

竹沢は、浴室の洗濯物入れのカゴの上に腰をおろすと言った。「俺は――〈S食品〉のスパイだった」

さつきは呆然《ぼうぜん》として、

「だって……大学出て、すぐ〈N食品〉に入ったんじゃないの！」

「ああ」

「じゃ、どこで一体――」

「初めからだ」

さつきはしばし言葉がなかった。

「――初めから？」

「そうだ。俺は〈N食品〉に受かった直後、〈S食品〉の幹部にひそかに呼び出された。そして、『うちのスパイとして活動してくれないか』と言われたんだ」

「それを——引き受けたの」

「両方の会社から給料をもらえる。——当時、俺の父親は病気で、母も看病疲れで倒れそうだった。倍の給料があれば、助けてやれる、と思った」

「でも……」

「実際、大したことだと思っていなかったんだ。長く続けられるわけがない、と……。しかし、五年、十年と続くと、やめられなくなった。結婚して、この社宅に住んで……。ここにいると、社員の私生活も見張っていられる。スキャンダルのネタをつかんでは報告したりしていた」

「でも——三十年も？」

「過ぎてしまえば早いよ」

と、竹沢は言った。

「でも……お母さんは〈N食品〉の——」

「知ってる」

と、竹沢は肯《うなず》いた。「スパイを見付けるのが仕事。分ったときは悩んだ」

「お母さん、知らないのね」

「もちろんだ。——言えるわけがない」

「それにしたって……」

さつきは夢でも見ているのではないかと思っていた。

「でも、お父さん。どうして死のうとしてたの？」

そう訊《き》いてから、さつきはハッとして、「まさか——あの佐々木って人を殺したんじゃ……」

「あの男か。あいつは〈N食品〉のスパイだった。しかし、俺はやっていないぞ」

「本当ね？」

「もちろんだ」

「じゃ、どうしてこの近くで殺されたの？」

竹沢はさつきを見て、

「死に際に『〈草〉が』と言ったそうだな」

「ええ。——意味、分る？」

「〈草〉というのは、江戸時代の隠密だ」

「隠密？」

「幕府は、各藩に不穏な動きがないか見張らせるために、その地に暮して、家族も持ち、定住している隠密を置いた。それを〈草〉と呼んだんだ」

「じゃ……」

「俺のように、入社時からのスパイで、こうして社宅で家庭を持っている者を、〈草〉と呼んでいた。向うにも、〈N食品〉の〈草〉がいるはずだが、誰なのかは知らない」

「じゃ、あの人が言ったのは――」

「たぶん、佐々木という男は、〈N食品〉のスパイとして〈S食品〉で働いている内に、この社宅に俺のような〈草〉と呼ばれるスパイがいるのを知ったんだろう」

「〈N食品〉を裏切っている人がね」

「まさか、とは思うが……。それに、人を殺すほどの理由が思い当らない」

「でも……びっくりした！」

と、さつきは首を振って、「お母さんには秘密にしておかないとね」

そのとき、

「もう遅いわ」

と、声がした。

妻の君江が立っていた。

「君江……」

「二人で話してるのを聞いたわ。――何てことでしょう！」

「お母さん、落ちついて」

「これが落ちついていられますか！」

と、君江は声を震わせ、「自分の夫が会社を裏切ってたなんて！」

「すまん」

と、竹沢は言った。「しかしな、君江。俺は結婚まで嘘をついてたわけじゃないぞ。ちゃんとお前やさつきを愛して来た」

「それなら、スパイをやめればいいじゃないの！」

「そう思わないこともなかった。しかし、収入に余裕があったおかげで、少しはお前たちに楽もさせてやれたし……」

「〈S食品〉のお金だと分ってたら、使わなかったわよ！」

「──驚いた」

と、さつきが言った。

「驚くわよ、誰だって」

「いえ、そうじゃないの。お母さんがそんなに〈N食品〉を愛してたなんて思わなかったから、びっくりしたの」

さつきは、ややさめた目で母を見ていた。

「さつき……」

「お母さん、お父さんのこと、一人の人間として愛してないの？」

い？」

「何よりまず〈N食品〉の社員でいることが大事なの？　それって、何だか変じゃない？」

「さつき」

と、竹沢が言った。「ありがとう。お前の言葉は嬉《うれ》しい。しかし、俺が〈N食品〉から給料をもらいながら、情報を〈S食品〉へ流していたのは事実だ」

「でも……」

「これは犯罪よ！」

と、君江は言った。

「お母さん。――お父さんを警察へ引き渡すつもり？」

「だって……そうするべきでしょう」

君江の声が、さすがに小さくなった。

「そんなのって、おかしいわ！」

と、さつきは声を上げた。「会社と夫と、どっちが大事なの？　もし、警察がお父さんを捕まえるって言うのなら、お母さん、お父さんと一緒に逃げるべきだわ」

「さつき……」

「それが夫婦じゃないの？」

「そりゃあ……」

君江は、しばし呆然《ぼうぜん》としていたが、

「――そんなこと、考えてもみなかったわ」

と言った。

「君江……。騙《だま》していたのは、俺が悪かったよ。しかしな、もう何もかも終ったんだ」

「終った？」

――すると、他の声が、

「終ったって、どういうことですか？」

「塚川さん！」

さつきは、塚川亜由美が顔を覗《のぞ》かせているのを見て、びっくりした。「どうして……」

「すみません。玄関、鍵《かぎ》がかかってませんでした」

と、亜由美は言った。「言い争ってるのが聞こえて」

「私、鍵かけ忘れたんだわ」

と、君江は言った。「――そうね。あなたも、それくらいのつもりだったのね」

「でも、お父さん、どうして死のうとしてたの？」

「それなんだ」

と、竹沢はため息をついて、「もう〈N食品〉も〈S食品〉もない。長い間のスパイ活動も……」

「どういうこと?」

「〈N食品〉と〈S食品〉が合併することになったんだ」

竹沢の言葉に、それこそ誰もがしばし絶句してしまったのだった……。

8　愛の巣

「わけが分らない」

と、亜由美は自宅へ戻って来て、ぼやきながら居間へと入った。

「どうしたの？」

「〈N食品〉と〈S食品〉が合併ですって！　信じられる？」

と、亜由美はソファに引っくり返って、「そりゃ会社の上の方はいいだろうけど、社員はどうよ？　大真面目に、お互いライバル同士って頑張って来て、突然『今日から同じ会社』だなんてね！　勝手なもんだわ。私、OLになんかならない」

「ならないんじゃなくて、なれないんじゃないの？」

「聡子はいいわよ、おしとやかだし、頭もいいし……」

「珍しいこと言ってくれるじゃない」

「珍しいことって――」

亜由美はガバと起き上り、「――聡子！」

神田聡子がソファに座っていたのである。

「今ごろ気が付いたの?」

「聡子、だって——あの——北畠さんと駆け落ちしたんじゃなかったの?」

と、亜由美が目を丸くしている。

「あれ、私は代理なの」

「代理?」

「本当の相手は三隅清子さん」

「ああ……。でもどうして?」

「二人で結婚しようにも、相手が清子さんじゃ、大もめでしょ。で、取りあえず私が一旦《いったん》相手ということで……」

「駆け落ちの代役? 聞いたことない」

「でも、今は二人、幸せな時を過してるわ」

と、聡子は言った。「既成事実にしてしまえば、北畠さんのお父さんも反対できないでしょ」

「だって……」

妙な話だ。

〈N食品〉と〈S食品〉が合併すれば、北畠修一郎と三隅清子の間も、何の障害もなくなる。修一郎が合併のことを知らないわけがないが……。

「でも、人騒がせね！」

と、亜由美が立ち上って居間を出ようとすると、

「亜由美！　どこ行くの？」

と、聡子が呼び止める。

「自分の部屋に行っちゃいけないの？」

「もちろんいいのよ。――いつもなら」

「何よ。今はまずいって理由でもあるの？」

と、階段を上ろうとすると、ドン・ファンがしっかり「番犬」って感じで居座っている。

「あんたまで邪魔するの？」

「ワン」

「――亜由美」

と、聡子が出て来て、「今ね、あんたの部屋、ふさがってるの」

「ふさがってる？　何よ、それ？」

「今、修一郎さんと清子さんが二人で……」

亜由美は愕然《がくぜん》として、

「私の部屋で？――どうしてよ！　うち、ホテルじゃないのに」

「だって、お二人がえらく気に入ってさ、『二人きりにしてくれる？』とか言われたら、

いやとも言えないでしょ」

「私は言うわ」

「亜由美」

と、清美がやって来て、「人様の幸福を妬《ねた》むのはみっともないわ」

「そういう話じゃないでしょ！」

と、文句は言ったものの、恋人たちの邪魔をして恨まれても損だ。

亜由美は渋々、二人が下りてくるのを待つことにしたのだった……。


「いや、君の部屋を勝手に使って、申しわけない」

と、修一郎は三隅清子と二人、居間のソファに並んで、固く手を握り合いながら言った。

「しかし、あの部屋には主《あるじ》の温かさが充ち溢《あふ》れてるよ。それが僕らを固く結びつけてくれたんだ」

「本当に、すてきな雰囲気のお部屋だわ」

と、清子が頰を上気させながら言った。「中にいるだけで幸せになれる感じなの」

「どうにでもお使い下さい」

と、亜由美はすっかりむくれて、「どうせ私はおめでたい人間ですから」

「亜由美ったら、そうひねくれるもんじゃないわよ」

と、聡子が言った。「それを言うなら、駆け落ちの名目に使われた私の方だって、相当怒っていいと思うわ」

亜由美だって、本気で怒っているわけじゃない。ただ——やはり少々面白くないだけである。

しかし、今はそれどころではない。

「でも、修一郎さん、こんな呑気《のんき》なことしてていいんですか？」

と、亜由美は言った。

「どうしてだい？」

「だって——」

と、亜由美が言いかけると、玄関のドアを壊しそうな勢いで叩《たた》く音。

そして、表から、

「北畠だ！」

と怒鳴るのが聞こえた。

「親父だ」

「居留守、使います？」

「いや、隠れたりする必要はない」

と、修一郎が清子の肩を抱く。

清美が玄関へ出て、

「まあ、今晩は。お待ちしておりました」

「別に待っちゃいないけど」

と、修一郎は言った。

北畠勇三が居間へ入って来ると、

「ここにいたのか！」

「お父さん、僕の妻になる人だよ。三隅清子さん」

と、修一郎が言った。

「あんたは——通訳だな。いつか会った」

「はい。よくご記憶で……」

「憶《おぼ》えているとも。優秀な通訳は滅多におらんからな」

と、北畠勇三は肯《うなず》いて、「あんたを見て、修一郎の奴には、こういう娘がふさわしいと思ったよ」

北畠勇三のその言葉は、思いもよらないものに違いなかった。——特に、二人の恋人たちにとっては。

「あの……」

と、清子はおずおずと、「私の兄は〈N食品〉の社長秘書、三隅良一です」

「そんなことは関係ない。同じ業界にいるんだ。一人や二人、知り合いも親戚《しんせき》もいるだろう。いちいちそんなことまで調べて付合っていられるか」

と、北畠勇三は笑って言った。

清子がやっとホッとした様子で、明るく若々しくなった。

「――でも、北畠さん」

と、亜由美が声をかけると、

「おお、君には息子が色々世話になった。何か礼をしたいが……何か希望は？」

「はあ、あの――」

と亜由美が言いかけると、

「じゃ、ぜひ大学を出るとき、就職先を世話してもらいなさい！」

と、清美が突然現実的になる。

「それくらい、おやすいご用だ」

と、北畠勇三が肯く。

「待って下さい！　それより、差し迫った問題があるんじゃないですか」

と、亜由美は言った。

「何のことだい？」

と、修一郎がふしぎそうに訊《き》く。

「それって、もちろん〈S食品〉と〈N食品〉の——」

と、亜由美が言いかけたとき、

「清子！」

と、突然三隅良一が居間へ入って来て、

「お前、どういうつもりだ！」

「お兄さん」

「あら、玄関、鍵《かぎ》かかってませんでした？」

と、清美は呑気である。

「三隅。——お前も知ってただろう、俺と清子さんが付合ってることは」

と、修一郎が立ち上って、三隅と相対した。

「付合うことと結婚するのは別だ。お前、本気で清子と結婚するつもりか」

「もちろんだ」

「清子、お前もか」

「ええ」

清子は修一郎の腕にしっかり自分の腕を絡めた。

「そうか」

三隅は、急に一歩退《さ》がって、床へ座り込むと、

「修一郎、妹をよろしく頼む」

と、頭を下げた。

——どうなってるの？

亜由美は、修一郎と清子が熱いキスを交わすのを、半ば呆《あき》れて見ていた。

「美しい！」

と、いつの間にやら、亜由美の父まで居間に入って来て、「恋が成就したとき、世界は喜びの光に満ちるのだ！」

「どうでもいいけど」

亜由美がやけ気味に、「〈S食品〉と〈N食品〉の合併の話はどうなったの？」

と言った。

——しばし沈黙があった。

「今、何と言った？」

と、北畠勇三が言った。

「〈S食品〉と〈N食品〉の合併のことを言ったんです」

「合併だって？」

北畠勇三は、目を丸くして、それから大笑いした。

「——事実じゃないんですか？」

「当り前だ！　社長の俺が知らんというのに、そんなことがあるはずはあるまい」

「じゃ、何だったの、あの騒ぎ？」

亜由美は途方に暮れた。

「騒ぎって？」

と、修一郎が真顔で、「何のことだ？」

「〈N食品〉の竹沢さんが実は〈S食品〉のスパイで、奥さんは〈S食品〉のスパイを探すスパイで、でもご主人のことは知らなくて……。ああ、もうわけが分らない！」

と、亜由美は大声を上げた。

「待ってくれ」

と、修一郎は言った。「すると、合併の話が社員の間に？」

「少なくとも、竹沢さんはそう信じてましたよ」

修一郎は厳しい表情になって、

「どうして洩《も》れたんだ」

と言った。「こんなときに……」

「──修一郎さん」

清子が目をみはって、「じゃ、本当に？」

「何の話だ？」

と、北畠勇三が面食らっている。

「お父さん。——合併の話は本当なんです」

修一郎の言葉に、勇三は唖然《あぜん》として、

「俺が知らんのに？」

「株主総会が開かれます。来週。——そこでお父さんは社長を解任されることになっていたんです」

「何だと？」

「お父さん。——僕は真剣に話したでしょう？　今の〈S食品〉は〈N食品〉とつまらない見栄の張り合いをしている状態じゃないって」

「そんなことを言ったか？」

「まともに取り合ってくれなかったじゃないか！　〈S食品〉が黒字決算なのは、公認会計士を抱き込んで粉飾決算をしているからだってことは、分ってるだろ」

「それは……どこでもやってることだ」

「違う！　摘発されてからじゃ遅いよ。〈N食品〉も事情は同じだ。だから僕は〈N食品〉の尾崎さんと相談して——」

「勝手な真似をしおって！　許さんぞ！」

と、勇三が顔を真赤にして、怒鳴った。

「もう株主を説得して過半数の賛成はもらってる。〈S食品〉と〈N食品〉は合併するんだ」

修一郎の胸ぐらをつかむと、勇三は、

「貴様！　それでも俺の息子か！」

と、怒鳴った。

「会社は父さんのものじゃない。全社員のものだ」

「違う！〈S食品〉は俺のものだ！　俺のやりたいようにやる！　邪魔させんぞ！　俺は……俺は……」

突然、勇三は胸を押え、苦しげに喘《あえ》いだと思うと、バタッと倒れた。

「——父さん」

修一郎が呆然《ぼうぜん》としている。

落ちついているのは清美一人で、即座に救急車を呼ぶと、すぐ勇三の胸もとを開いて、

「心臓の発作ね。前にも？」

「いえ……。僕の知ってる限りでは……」

「いつもかかってらっしゃる病院は？　すぐ連絡して、受け入れてもらえるように！」

「はい！」

その場を仕切っている母を見て、亜由美は感心した。

同時に、この母親の血が自分の中にも流れているのかと思うと、少々恐ろしい気もしたのだった……。

9 恨みの果て

「犬は困るんですけどね」

と、看護婦が顔をしかめた。

「はい、ちゃんと連れて出ます」

亜由美は素直に言った。

「お願いしますよ」

看護婦は、北畠勇三の脈拍と血圧をチェックすると、「ここの画面はナースステーションにも出てますから、何かあれば対処しますけど、他の急患などで気付かないこともあります。一応異常があったら、ナースコールを押して下さい」

と言って、病室を出て行った。

「――いや、助かった」

と、修一郎は言った。「ありがとう。亜由美君」

「お礼なら、母に言って下さい」

「本当にすばらしいお母さんだ」

勇三のかかっている病院へ連絡したものの、担当医が捕まらず、なかなか受け入れを承知してくれなかった。

そこへ、清美が一声、

「あんたのせいで、死なずにすむ患者が死んでもいいの！」

と怒鳴って、けりがついた。

勇三は無事入院して、応急処置をすませ、個室の病室で落ちついていた。

ついて来たのは修一郎と亜由美、そしてなぜかドン・ファンがどうしてもくっついて来て離れようとしなかったのである。

「――もう帰ってくれ。悪かったね」

と、修一郎が言った。

「どういたしまして。――ドン・ファン、帰るよ」

と、亜由美が促したが、

「ワン」

と、ドン・ファンは動かない。

「ドン・ファン、どうしたの？」

亜由美が手を伸すと、ドン・ファンは素早くベッドの下へ潜り込んでしまった。

「――何だかおかしいわ。修一郎さん」

「お腹、空《す》きません？」

「え？　いや別に……」

「今の内に、何か外で軽く食べましょ」

亜由美は修一郎の腕を取った。

「いや、しかし……」

「大丈夫ですよ、今なら」

亜由美は半ば強引に修一郎を病室から連れ出すと、

「――病院の向いにファミレスがあったわ。あそこにしましょ……」

と、一緒にエレベーターへ。

――もう夜中になっていた。

廊下は主な明りが消えて、静かである。

時折看護婦がナースコールで呼ばれて急いで通るだけ。

フッと空白の時間が訪れると、看護婦が一人、北畠勇三の病室へと入って行った。

「ご気分は？」

と、小声で呼びかける。「いかがですか、社長？」

勇三が低く呻《うめ》き声を上げた。

「何だい？」

看護婦は、ポケットからメスを取り出して、深く息をつくと、

「あなたが憎いわけじゃないんです……」

と言った。「許して下さい。会社のためなんです」

メスの刃が、勇三の喉《のど》へと当てられる——。

「キャッ！」

悲鳴を上げ、看護婦がよろけた。——メスが床に落ちて音をたてた。

足首をかまれて、その女は片足を引きずりながら病室を出た。

「何よ、この犬！」

「おい、待て！」

修一郎が走って来る。

女は必死の勢いで廊下を駆けて行った。

「修一郎さん！　お父様を！」

と、亜由美が叫んだ。

修一郎は病室へと飛び込んだ。

亜由美が入って行くと、修一郎は床に落ちたメスを青くなって見下ろしていた。

「大丈夫でしたか？」

「うん……。このメス。——今ごろ親父の喉を……」

「ドン・ファン、よくやった」

ドン・ファンがベッドの下から姿を現わすと、

「クゥーン……」

と、ちょっと得意げに甘えた声を出した。

「ドン・ファンにも礼をしなきゃ」

「じゃ、これも一緒に就職させて」

と、亜由美は言った。

「いいとも、社長室専属の番犬だ」

「それじゃだめ」

「どうして？」

「自分を犬だと思ってないもの。可愛い子が沢山いる部署へ回してやって」

「なるほどね。それでドン・ファンか」

修一郎は笑って言った。「よし、じゃ秘書室のボディガードはどうかな？」

「ワン」

と、ドン・ファンが尻尾《しっぽ》を振った。

女は病院から少し離れると、息を切らしながら、バス停のベンチに腰をおろした。

足首の傷が痛んで、顔をしかめる。

ハンカチを取り出すと、傷の辺りを縛ったが、血が赤くにじんで来た。

痛みをこらえて、思わずため息をついた。

「――どうしました」

と、声がした。「おけがですか」

「いえ、大したことありませんの」

と、女は言った。「大丈夫です」

「しかし、見せてごらんなさい。ほう、血がにじんでますよ」

「犬にかまれただけなんです」

「犬？　それはいけない。――念のためだ。そこに病院がある。ご一緒しましょう」

「いえ、何でもないんです！」

女は苛立《いらだ》って、「放っといて！」

「――そうもいかないのでね」

「何ですって？」

「北畠勇三さんを殺そうとしましたね」

女が息をのむ。

「警察の者です。塚川亜由美さんからケータイに連絡をもらいましてね」

女は逃げようとして、

「アッ！」

と、痛む足首を押えて転んだ。

「言わないことじゃない。――さぁ、つかまって。病院で手当をしてもらいましょう」

殿永は女に肩につかまらせると、体を支えて歩き出した。

女が泣いていた。

「――痛みますか」

と、殿永が訊《き》く。

「私……あの社長が好きだった……。でも、合併なんて、させるわけにいかなかったの。何としても止めなくちゃ……」

「それで〈S食品〉の社長を殺せば、話が流れると？」

「そうなってほしかった……」

「そうはならんでしょう」

「でも、あんまりです！　私たち〈草〉はどうすれば？　〈S食品〉のために、〈N食品〉の社員と結婚し、社宅に住んで情報を集めていたのに……。それがすべてむだだったなんて……」

女の声は絶望に枯れてしまっていた……。

「――岡崎課長の奥さんが？」

さつきは愕然《がくぜん》とした。

「佐々木治さんが殺されたとき、彼女と会いましたか」

と、殿永が訊いた。

「そういえば……。バス停へ行く途中ですれ違って。――奥さん、私と八田さんのことを見て、『良かったわね』って言ってくれました」

と、さつきは言った。「じゃ、あのとき、奥さんは……」

「佐々木さんを刺して、てっきり死んだと思って戻る途中だったんです」

「あんなに平然として？」

さつきは呆然《ぼうぜん》としていた。

「岡崎あゆ子は、あなたのお父さん同様、〈S食品〉のスパイ、〈草〉だったのです」

「岡崎あゆ子っていうんですか。――名前、知らなかったわ」

「『奥さん』という名の人はいないんです。夫とは違う考え、感情、過去を持つ、一人の人間なんです」

「殿永さん」

「や、亜由美さん」

「今のセリフ、うちの母のですよ」

と、亜由美は言った。

エピローグ

〈N食品〉の本社会議室には、〈N食品〉〈S食品〉双方の幹部がズラリと並んで、社員への説明会が持たれていた。

〈S食品〉の社長に就任したばかりの北畠修一郎が、立ち上って言った。

「私たち〈S食品〉と〈N食品〉は長い間ライバルでした。互いに品質や営業成績を競い合うのなら、それでもいい。しかし、二つの社は、お互い憎み合い、騙《だま》し合う不幸な間柄だったのです」

社員は静かになって、修一郎の話に聞き入っていた。

「私たちの誰も、どうして二つの社がこんなことになったのか知りません。ただ、『そっちがスパイを使ったから、こっちも』と、互いに言い続けて来たのです。今は、そのくり返しを断ち切るときです。

〈ロミオとジュリエット〉は、二人とも死ななくては二つの家を和解させることができなかった。――今回も、佐々木治さんが命を落としました。しかし、犯人もまた、犠牲者なのです」

修一郎は一旦《いったん》言葉を切って、

「——本日をもって、両社は合併します」

社員の間に、パラパラと拍手が起り、それはやがて熱い拍手の渦となった。

「——社名については」

と、修一郎が言った。「私が〈NS食品〉と提案したが、〈N食品〉の方からは〈SN食品〉で、と言われました」

笑いが起った。

「ここはいっそ新しい社名でスタートしては、ということになりました」

と、修一郎は言った。「で、検討の結果、新社名を〈ドン・ファン食品〉とすることに決定しました！」

聞いていた亜由美は仰天して、

「うそ！」

と、思わず叫んだ。

「——うそ！」

ハッとベッドに起き上って、亜由美は、「夢か……」

と呟《つぶや》いた。

全部が夢というわけではない。

〈N食品〉と〈S食品〉は合併し、〈NS食品〉となった。

竹沢さつきの父親をはじめ、スパイの面々は新しく作られた子会社へ移った。仕事は何と「スパイ防止」のセキュリティ。

修一郎は三隅清子と結婚した。

そして三隅良一は——聡子といいお付合いをする仲らしい。

三隅もすっかり砕けて、デートのために早退までして、部下のOLから文句を言われているという。

「——でも、人間らしくていいよね」

と、亜由美は床で寝そべっているドン・ファンへ言った。「会社のために人がいるんじゃない。人のために会社があるのよ」

「ワン……」

気のない返事だ。

原因は分っていた。

修一郎が忙しくて、ドン・ファンを秘書室に、という約束を忘れているからなのである。

「ドン・ファン。身近にこんな可愛い子がいるのを忘れてない？」

亜由美がそう言うと——ドン・ファンは、何も聞かなかったふりをして寝転がってしまったのだった……。

モンスターの花嫁

プロローグ

上り坂が、いつになくきつく感じられた。

もちろん、三十八歳という年齢のせいもあるだろうが、それだけではない。

沼尻恵《ぬまじりめぐみ》は週に三回くらいは、夜遅くこの坂を上ってくるのだ。突然足腰が弱ったわけではなかった。

冬の気配が、この郊外の住宅地には都心より一足早く訪れて、冷たい風が山の上から吹き下ろしていた。

その風に向って、坂を上って行かなくてはならない。――そのことが、沼尻恵の足どりをいつも以上に重いものにさせていたのである。

本当なら、駅から家までタクシーにでも乗りたいところだ。

しかし、一応、名の知れた企業のＯＬとはいえ、昨今の不景気、いつ上司から、

「辞めてくれ」

と言われるか分らない身。

少しでも出費は抑えたい。

歩くと三十分近くもかかる上り坂はかなりしんどい。

特に、夜九時過ぎまで残業して、こうして十一時近くに帰って来たときには、時々坂の途中で一息入れなくてはならないほどくたびれている。

でも——仕方ない。

グチっていても、家の方からやって来てはくれないのだ。一歩ずつ上って行く他はない……。

沼尻恵は、気を取り直して足に力を入れた。

——何も、こんな山の上の家にしなくたって。

一戸建ての住宅を買うとき、親からはそう言われた。

でも、経済力に見合った家を、と思えば、何かを我慢しなくてはならない。

ことに、恵は一度離婚して、女の子を自分の手で育てていたから。——別れた夫への意地もあった。

「ちゃんと、自分の力で一軒家を買ったわよ！」

と言ってやりたかったのだ。

その代償としてなら、この坂を上るくらい……。

車のエンジン音が、坂を上って来た。

振り返ると、車のライトがまぶしく目を射た。

車をよけて道の端へ寄ると、その車は恵を追い越して、少し行って停った。

——何だろう？

恵が歩いて行くと、車の窓ガラスが下りた。

男の顔が覗《のぞ》いて、

「乗って行くかね」

ぶっきらぼうな口調だ。

「あ……」

ご近所——といっても、ほとんど口もきいたことがない。

名前もすぐには思い出せなかった。

唐《から》……。「唐」の字がついたと思ったけど。何だっけ？

結構です、と言おうとしたが、まだ坂の半分も来ていない。そのとき、強い風が吹きつけて来て、思わず目をつぶらなくてはならなかった。

「——乗せていただいていいですか？」

と、恵は言った。

「いいから停めたんだよ」

と、男は言って、「助手席へ」

恵は助手席の側へ回って乗り込むと、

「どうも」

と、会釈して、「――唐木さん、ありがとう」

相手は黙って車を出した。

車はずいぶん古くて、およそ愛想がない。持主とそっくりだった。

しかし、すぐに恵は自分が幸運だったと分った。

車が走り出して十秒とたたない内に、雨がフロントガラスを打ち始めたのだ。

見る見る雨は強くなって、車の屋根を激しく叩《たた》くようになった。

あのまま歩いていたら……。

恵は折りたたみ傘をいつも持って歩いているのだが、今朝は家を出るとき、あわてたので、前の晩、広げておいたのをそのまま置いて来てしまった。

たちまちずぶ濡《ぬ》れになるところだ。

「助かりましたわ。こんな雨になるなんて……」

「俺も知ってたわけじゃないよ」

と、相手は言った。

歩いて三十分でも、車ならすぐだ。

ライトの中に、同じような作りの建売住宅が浮かぶ。

「――うちはそこの……」

と、恵は言いかけた。

「知ってる」

車が道を曲って、恵の家の前につけた。

「すみません、本当に」

「ちょっと待ちな」

「え？」

車を一旦《いったん》バックさせ、ハンドルを切ると、タイヤを歩道の敷石の上に乗り上げさせ、

「この方が濡れないだろ」

と言った。

確かに、この降りではほんの何メートルかでも、近い方が濡れ方が違う。

「はい。ありがとうございました」

礼を言って、ドアを開けようとすると、

「――唐山《からやま》」

「え？」

「俺の名は唐山だよ」

間違えてしまった！

「すみません」

　恵は赤くなった。

「足下に気を付けて」

「はい、どうも」

　車を降りると、一気に玄関の軒下へと飛び込む。一瞬のことで、ほとんど濡れなくてすんだ。

　車が雨の中を走り去るのを、恵は見送っていた。

　玄関のドアが開いた。

「お母さん！　大丈夫？」

　娘の沙江《さえ》が顔を出した。

「あ、見てたの？」

「車の音がしたから……。誰の車？」

「この先の——ほら、唐山さんって人」

「ふーん」

　沙江は肯《うなず》いて、「傘なしだったんでしょ」

「そうなの！　途中で乗せていただいてね。助かったわ！」

　沙江は十一歳の小学五年生。

一人で留守番が多いので、しっかり者に育っている。

「──夕ご飯、食べた?」

「うん。カップラーメン」

「それだけじゃ……。お母さん、冷凍のを何か食べるから、一緒にどう?」

「うん」

嬉《うれ》しそうに、沙江が肯く。──母と二人で食べるのが楽しいのだ。

食事しながら、沙江が言った。

「──唐山って、あの変った人?」

「え?」

「一人暮しで、近所の人とも全然口きかないって」

「ああ……。そうらしいわね」

恵もよく知っているわけではないが、唐山という男が、この辺りで少々気味悪がられていることは聞いていた。

「お母さん、どうしてあの人、知ってるの?」

「知ってるってわけじゃないわ。ただ──坂を上ってたら、車を停めて、乗せて下さっただけ」

「へえ。そんなこと、あるんだ」

「そうよ。——ただ無口なだけでしょ。そう変った人ってわけじゃないと思うわ」

名前さえよく知らずにいた。

けれど、雨の中で車をわざわざ玄関の近くに寄せて停めてくれたこと。——恵は、そのことに心を打たれていた。

唐山の方には何の義理もない。名前さえ間違って呼んでいた恵に、そこまでしてくれるとは……。

「——本当は、きっと優しい人なのよ」

と、恵は言った。「もう少し食べる?」

「うん」

沙江は、ご飯のおかわりまでした。

小学生が、こんな夜遅くに食事をとるなど、あまり感心した話ではないかもしれない。

しかし、母も娘もこの時間を楽しんでいた。

この日の小さな出来事が、恐ろしい日々の始まりだということなど、全く予感さえしていなかったのである。

1　事件

「ちょっと！　亜由美！」

神田聡子の声は、亜由美の十メートルも後ろから聞こえて来た。

「聡子、何やってるのよ」

足を止めた亜由美は、振り返って言った。

「頑張って！　若いくせして！」

「私はね、亜由美とは違って知的大学生なの」

と、神田聡子は言い返して、「――疲れた！　少し休もう」

「五分前に休んだばっかりでしょ」

「五分前？　嘘だ！　絶対三十分は歩いてる！」

「いい加減にしなよ」

塚川亜由美も、足を止めると息を弾ませて、

「こんなことしてたら、先方に着くのが夜中になる」

「オーバーね。でも、どうしてこんな坂の上に家を建てたの？」

「私が建てたわけじゃないわ」

「分ってるわよ、そんなこと」

「怒らないでよ。仕方ないでしょ、この坂を上らないと、先生のお宅に着かないんだもの」

——塚川亜由美と神田聡子は親友同士。

仲のいいついでに、大学のレポート提出も仲良く一緒に遅れ、担当教授から、

「自宅まで持って来い！」

と言われてしまった。

かくて、暮れも近くなって、十二月。大学は冬休みに入ったというのに、二人してこの坂道を上っているのである。

「こんなに長い坂なのに、どうして途中に喫茶店くらいないの？」

と、聡子はまだ不平たらたら。

「文句言っても着かないよ、さ、もう少しだから頑張って！」

「もう少しって、亜由美だって初めて来たんじゃないの」

聡子は八つ当り気味。

ともかく、そんなやりとりで五、六分は休憩した二人、再び坂道を上り始めた。

「——でも、途中は林ばっかり。これって、いつかは家とかお店が建つのかしら」

と、亜由美は言った。

「夜になったら、一人じゃ歩きたくないね」

と、聡子も肯く。

実際、坂道はちゃんと舗装してあるが、両側は雑木林で、所々、思い出したように何軒かの同じような作りの建売住宅が身を寄せ合っている。

「――まだ上？」

「今の家が〈3―12〉だったからね。並木《なみき》先生のお宅は〈3―44〉」

「まだ大分あるか」

と、聡子は息をついて、「レポート出しに来て死にたくない！」

「オーバーね」

車の音がして、振り向くとずいぶん前の型の車が上ってくる。

二人がわきへよけると、車は二人を追い越して、すぐに停った。

男が運転席の窓から顔を出して、

「乗ってくかね？」

と言った……。

「ありがとうござい……」

最後の「ました」を言わない内に、車はさっさと走り去って行った。

「――愛想のない人ね」

と、聡子が呆《あき》れたように、「ついにひと言も口きかなかったよ」

「でも、助かったじゃない」

確かに、もしここまで歩いて来たら、途中聡子は少なくとも五、六回は「休憩」を取っただろう。いや、途中で「帰る」と言い出したかもしれない。

ともかく二人はその男の車で〈3―44〉の並木教授の家の前までやって来たのである。

玄関のチャイムを鳴らすと、しばらくしてやっと並木当人が出て来た。

「先生、遅くなりまして」

と、亜由美は言った。「レポート、持って来ました」

並木定一《さだかず》は、国立大を定年で退官してからやって来た。もう七十歳。

「君らは学生か？」

「そうです……。あの、レポートを今日中に持って来いとおっしゃったので……」

「レポート？　そんなことを私が言ったか？」

と、並木は首をかしげて、「こんな山の上まで、よく持って来たな。大変だったろう」

亜由美と聡子は、言葉がなかった。

「ともかく上れ。――じき、娘が戻ってくる」

言われて、狭い居間へ通された二人、ソファに座ったものの、話をする気力も失《う》せていた。

ともかくレポートを提出し、失礼しようとしていると、表に車の音がして、

「——ただいま。——お客様？」

と、居間を覗《のぞ》いたのは、とても並木の娘とは思えない（？）穏やかな女性で、

「妙子《たえこ》。大学の学生さんたちだ。レポートをわざわざここまで持って来てくれた」

「まあ、ご苦労様。何か飲物をいれますね。ちょっとお待ちを」

三十代の半ばくらいだろうか。台所へとその姿が消えると、代って小さな女の子がヒョイと顔を出した。

「ルイか。お買物は楽しかったか？」

並木が急に笑顔になって、「孫なんだ、可愛いだろう」

と、手招きして、

「ほら、おじいちゃんの膝《ひざ》の上においで」

女の子は首を振って、

「おじいちゃん、ゴツゴツしてるからいやだ」

亜由美は思わずふき出してしまった。

「遊んでくる」

「家の前だけだよ」

「うん」

という返事は、もう玄関から。

「――娘は妙子といってな、亭主に死に別れて、孫を連れて戻って来たんだ」

訊《き》かれもしないのに、並木は言った。

「可愛いですね。ルイちゃんっていうんですか?」

「うん。私が名をつけた。ルイ十四世にちなんでな」

フランス文学を専門にしている並木としては、分りやすい命名である。

「お待たせしました」

妙子が紅茶をいれて来てくれる。

「ありがとうございます」

「いいえ。大変だったでしょう、ここまで上って来るの」

「ええ、まあ……」

「父は、私に車を運転させて駅まで出るんです。私がいないときは、絶対に出かけないんですよ」

どうやら、「レポートを持って来い」と言ったのも忘れているようだし、真に受けた亜由美たちが馬鹿をみた、ということらしい。

「お父さん、ルイは?」

「表で遊んでくると言って出て行った」

「そう。――じゃ、私、夕食の仕度があるので、どうぞごゆっくり」

そう「ごゆっくり」しているつもりもない亜由美たちは、紅茶を飲み干すと、失礼することにした。

並木が南仏の美術館の話を始めて、早く帰らないと一時間は捕まりそうな気配だったのである。

冬の夕刻、玄関を出た亜由美は、外がずいぶん暗くなっているのを見てびっくりした。

「もうこんな……」

「ああ、冬は暮れるのが早いな」

並木は玄関まで二人を送りに出て来て、「ルイも、もう中へ入った方がいい、――ルイ! ルイ! どこだ?」

風がぐっと冷たくなって来た。

「ルイ!――おかしいな」

と、並木が首をかしげる。「決して遠くへは行かない子だが」

「そうですね」

「ああ、君らは、もう行ってくれ。遅くなってしまう」

「はい。それじゃ……」

と行きかけたものの、亜由美は何となく心配になった。

「——亜由美、どうしたの？」

「うん……」

亜由美は、並木が、

「ルイ！——戻っといで！」

と呼んでいる声の方を振り返った。

「亜由美……」

「捜すの、手伝おう」

「分った」

二人が戻って行くと、並木が不安げに、砂場遊びのスコップやバケツを手にして立っている。

「先生！　それはルイちゃんのですか」

「うん……。大事にしていて、決して放り出しては行かんのだが」

「手分けして捜しましょう。娘さんも呼ばれた方が」

「うん、そうしよう」

並木があわてて家の中へ戻って行く。

そのとき、車が一台坂を上って来て、並木の家の前で停った。

「やあ、まだいたか」

と、車から手を振ったのは——。

「谷山先生!」

亜由美の恋人でもある、谷山助教授である。

「どうしてここへ?」

「君が今日、並木先生のお宅へレポートを持ってくと言ってたのを思い出してね。凄《すご》い坂の上だって知ってたから、車で送ってやろうと思ったんだ。でも、お宅へ行ったら、もう出た後で」

「あの——小さい女の子、見ませんでした? 七歳ぐらいの」

「女の子?」

「並木先生のお孫さんです。姿が見えなくなって」

家から、妙子が青くなって出てくる。

「ルイ!——ルイ!」

と、大声で呼ぶが、返事はなかった。

「ワン」

谷山の車の窓から、何とドン・ファンが顔を出した。

「あ！　お前も来たの？」

「自分でさっさと乗って来たのさ」

ドン・ファンは亜由美の家に住んでいる、、、ダックスフント。「飼われている」という意識は、たぶん全くない。

「いいところに来たわ！　ドン・ファン、おいで」

亜由美はドン・ファンが車から飛び下りてくると、

「先生！」

と駆けて行って、「その、お孫さんの使ってるスコップやバケツを貸して下さい！　この犬に匂いをかがせて、追わせます」

「まあ……。お願いします！　お父さん！」

「うん」

「ドン・ファン、あんたの腕の見せどころよ。ルイちゃんって子を捜すの」

「クゥーン……」

と、ドン・ファンは当惑している様子。

「ドン・ファン、ルイちゃんはね、七つの可愛い女の子よ」

と、亜由美が小声で囁《ささや》くと、ドン・ファンはとたんにピンと耳を立てて、

「ワン！」

と、力強く吠《ほ》えた。

ドン・ファンの好みは「美女」。それもスカートの中へ潜り込むのが趣味と来ている。「ドン・ファン」の名のゆえんである。

しっかり匂いをかいだドン・ファン、並木の家を離れて、トットと短い足で駆け出す。

「待って、ドン・ファン！　どこに行くのよ！」

あわてて追いかける。

谷山も車を降りて駆けて来た。

「亜由美君！　本当に確かなのか？」

「ドン・ファンに訊いて！」

並木の家から百メートル近くも坂を下って来た。ドン・ファンが突然ピタッと足を止める。

「ドン・ファン――」

雑木林のそばだ。ドン・ファンは鼻先を上げ、もう暗くなりつつある木々の方へ向いた。

「――何かあるんだわ」

と、亜由美が言った。

突然、ドン・ファンが激しく吠え立て、続いて雑木林の中へ飛び込んだ。

「先生！」

「僕が行く！」

谷山がドン・ファンの後を追った。もちろん亜由美も負けじと続く。

ドン・ファンが誰かに向って吠えている。

茂みの中を、ザザッと音をたてて誰かが駆けて行った。

「亜由美君！　いたぞ！」

谷山が叫んだ。

木々の間を抜けて行って、亜由美は足を止めて息を飲んだ。

ルイが、白い肌をさらしている。服をほとんどはぎ取られていた。

「ルイちゃん！」

「息がある！　救急車だ！」

「先生、上着を」

「うん」

谷山は上着を脱ぐと、ルイの体をそれで包むようにして、抱き上げた。

「ルイちゃん！」

妙子が駆けてくる。

「ここです！」

谷山がルイを抱いて道へ出ると、「救急車を呼んで下さい！」

と叫んだ。

「よくやった!」

亜由美がドン・ファンの頭をポンと叩《たた》いた。

「ワン」

ドン・ファンが迷惑そうに吠えた。

ドン・ファンにとっては、特にほめられるほどのことでもなかったのかもしれない。

2　ペットボトル

「いや、全く――」

　と、殿永部長刑事が言った。「さすが亜由美さんの犬だ。人間なら、警視総監賞ものです」

「飼主がいいからです、って言ってくれないんですか？」

　と、亜由美はフンとそっぽを向いた。

「いや、それは言うまでもないことで……」

　いささか焦る殿永を、亜由美は横目で見てふき出し、

「ドン・ファンのお手柄ですわ。それに、あいつは自分が『飼われてる』なんて思ってませんしね」

　――塚川家の居間である。

　当の話題の主、ドン・ファンはカーペットの上にのんびり寝そべっていた。

「でも、お役に立って良かったわ」

　と、母、清美がコーヒーを運んでくる。「さ、殿永さん、どうぞ」

「こりゃどうも。——これが例の豆ですか」

「そうですの。ぜひ殿永さんに飲んでいただきたくて」

話を聞いていた亜由美、

「何のこと？」

「いや、お母様からメールをいただきましてね。『おいしいコーヒー豆をいただいたので、ぜひ飲みにいらして下さい』と」

この母は、殿永とメールのやりとりをする仲なのである。

「お母さん、そんな話聞いてないよ」

「あなたに言っても、ちっとも感激してくれないでしょ。殿永さんなら、本当に味わって飲んで下さるわ」

「じゃ、殿永さん、おいでになった目的はコーヒーで、私のことは付け足し？」

と、亜由美がすねる。

「そういうわけでは……」

「いいんですの、殿永さん、この子のことは放っておいて。お手柄だったのは、ドン・ファンの方なんですから」

当然、ますますふてくされる亜由美だった……。

「——ご報告を、と思いましてね」

殿永はコーヒーを飲みながら、「あの並木ルイちゃんですが、危ない状態は脱しました。後は体力をつけて回復を待つということに……」

「良かった！」

亜由美は胸をなで下ろした。

「発見が少しでも遅れていたら、命を落としていたかもしれません」

「神のご加護だ！」

突然、父、塚川貞夫が居間のドアの所に姿を現わして言った。

「お父さん！　びっくりさせないでよ」

と、亜由美は言った。「また何か見てたのね」

亜由美の父、塚川貞夫は、技術者だが、ＴＶの少女アニメを見て泣くのが趣味という、一風変った存在。

「汚れない魂は、神がお守り下さる」

「はいはい」

亜由美は慣れている。「どうせ、私の魂は汚れてますからね」

「自覚は成長の一歩だ。悔い改めよ」

と、さとして、父親は出て行った。

「全く、いつも娘をくさして」

と、亜由美はふくれっつらになる。

「しかし、犯人もあんな幼い女の子に殴るけるの乱暴を働いたようです。ひどいことをするものだ」

殿永の顔が歪《ゆが》んだ。

「傷はひどいんですか？」

「幸い、骨折や内臓破裂に至るほどの打撃ではなかったらしいです」

「でもひどいわ！　そんなことする奴、人間じゃない！」

と、亜由美は怒りでカッカしている。

「問題は犯人です」

と、殿永が言った。「ルイちゃん自身は、何も憶《おぼ》えていないようです。というより、恐怖で思い出すことを拒んでいるのかもしれませんが、あの時間、大分薄暗くなっていたし、はっきりと犯人の顔を見る前に、気を失っていた可能性が大きいと思われます」

「本当にひどい話ね」

と、清美がため息をつく。「弱い者いじめをするようになったら、人間はおしまいですよ」

「同感です。——亜由美さんは、あのとき、逃げる犯人を見ていないんですね」

「ただ、茂みをガサゴソ動いて行くのを見ただけで、他は何も……」

「谷山先生にも伺いましたが、同じ答えでした」

「見ていれば言ってます」

「確かにね。――しかし、ドン・ファンはどうでしょう？」

そう言われて、亜由美はちょっと考え込んだ。

「あのとき――ドン・ファンが真先に飛び込んで行って、激しく吠《ほ》えたんです。ドン・ファンは見ているかも……」

亜由美はドン・ファンの方へ、「どうなの？　犯人を見たの？」

と訊《き》いたが――。

ドン・ファンは、「そこまでは知らないよ」とでも言うように、一向に頭を上げる気配もなかった。

「もし、容疑者を絞り込めたら、そのときはドン・ファンにご出馬――いやご出犬、願うかもしれません」

「ええ、どうぞ、いつでも」

と、亜由美が言うと、ドン・ファンは初めて頭を上げ、亜由美を見た。

「――何か手掛りはないんですの？」

「今のところ……。まあ、唯一、現場のすぐそばに、清涼飲料のペットボトルが一つ、落ちていたことぐらいですね」

「ペットボトル?」

「指紋は出ませんでした。飲み残しがあれば、唾液《だえき》から何かつかめるんですが、残念ながら……」

「でも、それが犯人のものとは限らないわけですね」

「もちろんです。しかし今のところ他に何も出て来ないので、ともかく当ってみるしかありません」

「そのペットボトルって、中身は何だったんですか?」

「〈R〉っていう飲物です。ご存じですか」

「ええ。飲んだことないけど」

　と、亜由美は言って——ふと思った。

〈R〉?——最近どこかでそのペットボトルを見た気がする。

「どうかしましたか」

　と、殿永が訊く。

「いえ……。〈R〉を飲んでる人なんて沢山いますよね」

　と、亜由美は言った。

「何か思い当ることでも?」

「待って下さい。もしかして……。あ、そうだ」

思い出した。——並木の家へ行く途中、車に乗せてもらった。

あの車の運転席のポケットに〈R〉のペットボトルが入っていた。

亜由美がその話をすると、殿永はメモを取って、

「名前も聞かなかったんですね」

「向うも何も言わなくて」

「会えば分りますか」

「もちろんです」

「あの山の住宅のどれかに住んでいる男でしょう。当ってみます」

「でも、それが問題のペットボトルだというわけじゃ——」

「ご心配なく。私はそれほど考えのないことをやりはしません」

殿永に言われて、亜由美はいささか恥ずかしくなった。

「沼尻さん」

駅を出たところで、恵は声をかけられ、振り返った。

「あ、桐沢《きりさわ》さん」

「遅いですね」

「ええ、仕事が忙しくて」

「忙しいほど仕事があるってのは、幸せなことだ」

「そうですね」

恵は、この自治会長がちょっと苦手だった。

四十代の半ばで、何軒か食堂を経営しているらしいが、その実、何をしているのかよく分らない。

人当りはいいし、時間もあるので、あの山の建売住宅の住人たちで作った自治会の会長になっている。

「もう遅いし、タクシーもないでしょ、こんな暮れは。車で送りますよ。そこへ停めてあるから」

と、桐沢は誘った。「遠慮はいらない。さあ、どうぞ」

「いえ、私、歩いて帰りますから」

「構わないじゃないですか。この寒いときに歩くのは大変だ」

「でも、本当に――」

「さあ、奥さん」

と、桐沢は恵の腕をつかんで、「失礼。奥さんじゃなかった。つい、あなたを見てるとね、『未亡人の色気』ってのを感じちまうんですよ」

桐沢はそう言って笑うと、

「男にゃ不自由してないんでしょ？」

「やめて下さい。——桐沢さん、手を離して」

「何もそうおかたいイメージでいることはないじゃありませんか。車に乗るぐらいのこと……」

そのとき、二人のそばで車がクラクションを鳴らした。

「——唐山さん」

恵はホッとした。

「見かけたんでね」

唐山は車から降りて来て、「乗って行きますか」

恵は桐沢の手を振り離すと、

「お願いします」

と言った。

「こんなボロ車がいいんですか？」

桐沢が憮然《ぶぜん》としている。

「あんた酔ってるね」

と、唐山が言った。

「ほんの少しだ。——忘年会の帰りだからね」

「車の運転はしちゃいかんよ」

「これくらいのアルコール、どうってことないさ」

「酒気帯びで捕まれば大変だよ。やめときなさい。何なら一緒に乗ってけばいい」

桐沢はムッとした様子だ。

「結構だ」

「じゃ、好きにしな」

唐山に促され、恵は助手席に乗った。

——不愉快そうに見送る桐沢の姿がバックミラーに消えると、

「助かりました。ありがとう」

と、恵は言った。

「ついでだよ」

恵は、この前、坂の途中で乗せてもらってから、三、四日に一度くらい、こうして駅前で唐山に会って、同乗させてもらっている。

恵のように、帰りの時間がまちまちで、しかも遅くなることが多いのに、こう何度も偶然会うものだろうか？

しかし、恵は何も訊かなかった。

「——あの女の子、何とか助かったそうですね」

と、恵は言った。「良かったわ、本当に」

「お宅も女の子一人だ。用心しなさい」

と、唐山が言った。

「沙江にはよく言ってあります」

「しかし、何と言っても子供だ。——窓や玄関の鍵《かぎ》を、しっかりしたもんに換えた方がいい」

「そうも思うんですけど……」

「俺が換えてあげる。大して難しい仕事じゃないよ」

「まあ、でも……」

「あんたの迷惑でなきゃね」

「迷惑だなんて……。ぜひお願いします」

「任しといてくれ。今度の休みの日にでも、やりに行こう」

「ええ」

——恵は、この無口で無愛想な男に、何とも言えない安心感を覚えていた。

桐沢のように、口先ばかりで、何を考えているのか分らない男より、ずっと信用できる、と思っていた。

——唐山は、それきり車が恵の家の前に着くまで、何もしゃべらなかった。

そして、恵が降りるとき、

「ありがとうございました」

と言うと、ボソッと、

「おやすみ」

とだけ言った。

恵は走り去る車に手を振った。

そのころ——桐沢は飲酒運転でパトカーに捕まり、こっぴどく叱られていた。

3　風評

年が明け、大学のキャンパスもいつものように学生でにぎやかになっていた。

四年生は一月一杯ぐらいしか出て来ないのだが、本当は暮れまでの卒論が間に合わず、年明けてからあわてて大学の図書館で必死に書いている学生も少なくない。

「——私たちはまだのんびりだ」

昼、学食でランチをとりながら、亜由美は言った。

「でも、テーマぐらい決めとけって」

「まだ早いよ。もっと色々考えてからでいいじゃない」

神田聡子は、学食の入口の方へ目をやって、

「——亜由美」

「何よ？」

「女の人が、あんたのこと訊《き》いてるみたい」

「え？」

見れば、四十前後か、スーツ姿の女性が学生に何か訊いている。その学生が指さしてい

るのは、どう見ても亜由美。

「——知ってる人？」

「全然」

「あの人の亭主と不倫中とか？　気を付けないと刺されるよ」

「やめてよ」

その女性は真直ぐ亜由美の方へやって来ると、

「失礼ですが、塚川亜由美さん？」

「そうです」

「突然ごめんなさい。ぜひお話ししたいことがあるの」

「あなたは……」

「沼尻恵といいます」

名刺をもらったが、さっぱり分らない。

「ご用件は……」

「先日並木さんというお宅のルイちゃんという子が襲われた事件、ご存じですよね」

「ええ」

「私、あの同じ山の上に住んでいます」

「そうですか」

「あの事件の犯人はまだ捕まっていません」

「知ってます。手掛りがなくて苦労してるみたいですね。ルイちゃんが大分元気になったようで」

「実は、そのことなんです——あそこでは、今、とんでもないことになっていて」

沼尻恵の目は真剣だった。

「——どういうことですか？」

「たぶん……二、三日の内にマスコミやワイドショーが取り上げるでしょう。〈幼い子を襲った男の正体〉を」

「犯人が分ったんですか？」

「いいえ」

と、恵は強く首を振った。「でも、あの一帯では、もうある男の人を、犯人と決めつけているんです」

「警察は何も言ってませんよ」

「そこなんです！　何の証拠もないのに。ただ、唯一の根拠は、現場の近くに落ちていたペットボトルだけで……」

亜由美はドキッとした。

「その人って、無口な男の人ですか？」

「ご存じ？　唐山佐吉《さきち》さんというんです」

「あの事件の日に、私と――この神田聡子も一緒でした」

と、亜由美は、唐山の車に乗せてもらって、並木の家まで行ったことを説明した。

「――分りました。でも、そのとき目にされたペットボトルは、現場近くに落ちていたのと同じとは限りませんよね」

「もちろんです」

と、亜由美は肯《うなず》いて、「だから警察だって動けないんです」

「でも、現実は違います」

と、恵は首を振って、「あの辺の家の人々は、みんな唐山さんが犯人だと信じています」

「あなたは？」

「私？――私は、あの人を信じています」

恵は胸を張って言った。「私、唐山さんを愛してるんです！」

その堂々とした口調に、亜由美は圧倒される思いだった……。

先に小学生の娘の方がそれに気付いた、というのはふしぎなようだが、そのこと自体は偶然に過ぎなかった。

年末から年明けにかけて、沼尻恵と娘の沙江は実家へ帰っていたのだ。

恵の故郷はそう遠いわけではなかったが、やはり泊りがけでなければ行けないので、孫の顔を見たい両親からは、

「もっとちょくちょく帰って来い」

と、文句を言われている。

しかし、三十八歳にもなれば、職場でもかなり責任のある地位に就いている。そう簡単に休暇も取れず、やはり、のんびりと実家へ帰れるのは、お正月休みかお盆休みということになる。

それに、恵があまり故郷へ帰る気になれなかったのには理由がある。

帰る度に、母親が、

「この人、どうだろうね」

と、お見合写真を何枚も用意して待ち構えているのだ。

恵は、

「再婚なんてしない！」

と、何度もくり返して来たのだが、母親はいつも、

「そんなこと言ったって、お前……」

と、ブツブツ口の中でグチを言うばかり。

いつもは取り合わないでいる恵だが、今年は違った。

「私、今付合ってる人がいるの」

と、母親に言った。「結婚することになるかもしれない」

母親は、恵が自分で勝手に(?)相手を見付けて来たことで、むくれていたが、「ずっと独りでいられるよりはいい」と思い直した様子だった。

それには、沙江が、

「いい人だよ」

と、簡潔な印象を述べたことも力になっていた……。

そして、沼尻恵と沙江は、正月休みが終ると、またあの「山の上の家」に戻ったのだが――。

休み明け、恵はたちまち仕事の波に呑《の》み込まれ、連日夜遅くまでの残業が続いた。

学校が始まるのは、会社より三、四日遅い。沙江は、その間、宿題のやり残しを友だちと一緒に片付けようと友だちの家に出かけて行ったりしていたが、明日から学校という夜、

「――お母さん」

と、恵に話しかけた。

「どうしたの？　忘れものないようにしてね」

と、恵は言った。

「うん……」

沙江はそう言ったきり、じっとパジャマ姿で立って動かない。

「──どうかしたの？」

恵はスケジュールを入れてある電子手帳から顔を上げて、娘を見た。「具合でも悪い？」

「そうじゃないけど……」

しかし、明らかに沙江はいつもほどの元気がない。

「なあに？　言ってみて」

恵は、つい忙しさにかまけて、沙江とゆっくり話す時間を持って来ていないことに気付いた。

沙江はしっかりした子だから。──そう思って、つい放っておくくせがついている。

「今日ね、ユウちゃんちに行って、四時ごろ帰って来たの」

と、沙江は言った。「近くの公園の所まで来たら、小さい子が何人か遊んでて、ボールを投げしてたんだけど、そのボールが道路に転って来たのね。私、拾って、走って来た女の子に『はい』って渡してあげたの」

「そう。それで？」

「そしたら、そのとき、その女の子のお母さんが凄《すご》く怖い顔して駆けて来てね、『うちの子と口をきかないで！』って大っきな声で……」

「まあ……」

「私、びっくりして、何も言えなかった。そのお母さん、女の子の手を引張って、『もうおうちへ帰るのよ』って。それで、女の子に言ってるのが聞こえた」

「何て言ってたの？」

「『あのお姉ちゃんと口をきいちゃだめよ』って」

「そんなことを？」

恵は愕然《がくぜん》とした。

「うん。——ね、私、何か悪いことしたのかな？」

沙江は、一人で留守番していることも多い。

小学五年生としては、親に甘える機会も少なく、『しっかりしなきゃ』と自分に言い聞かせて頑張っている。その沙江が、よその母親にそんなことを言われたら。——沙江がショックを受けたのも当然である。

「そんなの、何かの間違いよ！」

と、恵は腹を立てて、「どこのお母さん？　分る？」

「ときどき見るけど、どこの人か知らない」

「気にしないのよ。沙江がそんなこと言われるようなこと、全然ないわ」

恵の言葉に、沙江は少しホッとした様子で、

「うん。——じゃ、もう寝る」

と、微笑んだ。

「ええ。——待って」

恵は電子手帳の電源を切ると、「お母さんも寝るわ。一緒に寝よ」

「うん！」

沙江は嬉《うれ》しそうに目を輝かせた。「ね、お母さん——」

「なに？」

「その内、唐山さんと一緒に寝るようになるの？」

恵は真赤になって、

「何を言い出すかと思ったら！」

沙江が楽しそうに笑った。——沙江には珍しい、子供らしい笑いだった。

その夜、沙江はまるで赤ん坊のころに戻ったように、恵の乳房に顔を埋めてぐっすりと眠った……。

改札口を出ると、少し離れた所に唐山の車が停っているのが見えた。

恵はホッとする。

恵の帰りも遅いし、毎晩というわけにはいかないが、唐山はできるだけこうして車で駅前まで迎えに来てくれる。

相変らず無口ではあるが、恵を見る唐山の目には、人なつっこく、暖かい、ほとんど人に知られていない表情が見えていた。

人がどう思っていようと構やしない。私だけがあの人を理解している……。

――唐山の車の所まで来て、恵は一瞬青ざめた。

車の後部座席の窓が割れている。それも、何かで叩《たた》き割ったのだろう。窓の周辺も傷がついていた。

「――唐山さん！――唐山さん！」

車の中に唐山の姿は見えない。恵は大声で呼んだ。

足音がして、唐山が小走りに戻ってくる。

「唐山さん！　大丈夫？　良かった！」

と、胸をなで下ろす。「何があったの？」

「誰か分らん。ここで待ってると、いきなりバットで窓を叩き割って逃げた」

唐山は少し息を弾ませていた。「少し寒いが、乗ってくかね」

「もちろん」

と、恵は言った。

幸い、窓ガラスの破片は後部座席だけに飛び散っていたので、恵は助手席に座って、

「いたずらにしても、ひどいわね」

と言った。

唐山は黙って車をスタートさせた。

坂を上りながら、恵は言った。

「そういえば、娘も昨日、近所の奥さんにひどいこと言われたって……」

「どういうことだね」

恵が話をすると、唐山は急に車を道の端へ寄せて停めた。

「——どうしたの？」

「いいかい、奥さん」

「『奥さん』はやめてって言ったじゃないの、今の私は誰の奥さんでもないわ」

「ああ、しかしな……」

唐山は首を振って、「沙江ちゃんまでが、そんなことを言われてるとは」

「どういう意味？」

「それは俺のせいだ」

恵は啞然《あぜん》とした。

「あなたのせい？　どうして？」

「並木さんのとこのルイって子の事件だよ」

「ああ……。まだ犯人は捕まってないでしょ？」

唐山は恵を見て、

「この山の住人たちの間じゃ、犯人は俺だってことになってるのさ」

と言った。

「何ですって？」

「この窓ガラスも……。おそらく、俺へのいやがらせだ」

「そんなこと……。全然知らなかった」

「たぶん、知らないのはあんただけさ」

「馬鹿げてるわ！」

「噂ってものは怖い。噂を否定しても、幽霊に殴りかかってるようなものさ。——俺一人なら、相手にしなきゃすむ。だが、あんたや沙江ちゃんにまで……」

唐山は難しい顔で言った。

「そんな……。そんなひどい話ってないわ」

「いずれ、犯人が捕まれば、疑いは晴れる。しかし、それまではあんたも俺と会ったりしない方がいい」

恵の中に怒りがこみ上げて来た。

「一体誰がそんな噂を広めてるのか、調べてとっちめてやるわ！」

「いや、いかんよ。あんたの気持はありがたいが、沙江ちゃんがいる。あの子にとばっちりが行かないとも限らない」

そう言われると、恵も怒りに任せて突っ走るわけにいかなくなる。

「唐山さん……」

「あんたも、とんだ迷惑だね」

と、唐山が苦笑しながら言う。

恵は、少し黙っていたが、唐山が再びエンジンを入れようとすると、

「待って！」

と止めた。

「何だね？」

恵は突然唐山を引き寄せてキスしたのだった……。

4　行方不明

「何とかして下さい！」

と、亜由美は言った。「私のせいで、罪もない人が、そんなひどい目にあってるなんて」

殿永は亜由美の話に、深くため息をついた。

「いや、うかつでした」

と、首を振り、「そんなことになっているとは全く知りませんでした」

殿永は、亜由美の隣に厳しい表情で座っている沼尻恵の方へ向くと、

「誠に面目ない話です。決してあってはならないことなのは言うまでもありません。何とか、その唐山さんに関する噂を打ち消す方法を考えます」

と、頭を下げた。

亜由美は殿永に近くの喫茶店へ来てもらって、恵の話を伝えたのだ。

恵も同席していたが、殿永がすぐに詫《わ》びると、ホッと表情を緩めて、

「そうおっしゃって下さると……。即座にはねつけられるかと覚悟していました」

「そんな人じゃないって言った通りでしょ」

と、亜由美は得意げに言った。

「いや、不信の念を抱かれても無理はない。実際、警官にも『警察には間違いなどない』と本気で言う人間がいますからね。そういう連中にとっては、『間違いを認めたりしたら、警察の威信に傷がつく』。従って、『無実の人間が一人や二人有罪になっても仕方ない』という、無茶な理屈をつけるんです」

恵は微笑んで、

「あなたのような方がいらっしゃるなんて、私、安心しましたわ」

「私の親友なんです」

と、亜由美はニヤニヤしている。

「もちろん、一番いいのは本当の犯人を見付けることですが、どうもその後の捜査が行き詰っていましてね。ルイちゃんはずいぶん元気になったのですが、事件については何も憶《おぼ》えていないらしい。無理に訊《き》き出そうとすれば、取り返しのつかない傷を心に残すことになるとも心配されていて……」

殿永は上着の胸辺りに手を当てて、「おっと、ケータイだ。失礼」

と、席を立った。

「殿永さんなら、きっと何とかしてくれますわ」

と、亜由美は言った。

「ええ、安心しました。——今は、怖いですね。人間、無口で人付合いの苦手なことだってありますよね。それだけで、幼い女の子を襲った変質者扱いされてしまうなんて」

「唐山さんと結婚されるんですか?」

恵は少し照れて、

「たぶん……。もちろん、この事件が片付いてからになりますけど」

「おめでとうございます」

「恐れ入ります」

と、恵は頰を赤く染めた。

そこへ殿永が戻って来た。厳しい顔つきをしている。

「唐山という人でしたね」

と、殿永が言った。

「え?」

「今、連絡があって、唐山さんの家が火事で全焼したそうです」

恵が息をのんだ。

「それで——あの人は、唐山さんは大丈夫でしょうか?」

「今、やっと鎮火したところで、捜索はこれからです。どうも、放火らしいということですが……」

殿永の口調は重苦しかった。

「それって、まさか……」

亜由美にも、その殿永の言葉の意味は分った。

「何とも言えません。これからすぐに行ってみます。──ご一緒に？」

もちろん、亜由美と沼尻恵は殿永と同行することになったのである。


パトカーがサイレンを鳴らして、夕暮の迫る町中を飛ばして行く。

「あの、あのせいでしょうか」

と、恵は言った。「唐山さんを犯人だと思っている人たちが──」

「そんなことでないようにと願っていますが」

と、殿永が助手席で言った。

「──どうしよう」

と、恵がため息をつく。「もしあの人が──」

「きっと大丈夫ですよ」

亜由美は、我ながら何の根拠もない励ましの言葉が空しかった。

パトカーが山道を上り始める。

坂道を水が流れ落ちてくる。消火のための放水だろう。

近付くと、鼻をつく匂い。

「化学薬品や建材が燃えて、ガスが出ることがあります。用心して」

と、殿永が言った。「――見えた」

恵が身震いする。両手が固く握り合されている。

「ひどい……」

と、亜由美が呟《つぶや》いた。

唐山の家は、ほとんど跡形もなく焼け落ちてしまっている。今は白い煙の立ち上る、残《ざん》骸《がい》に過ぎなかった。

近所の人が何人か集まっている。

パトカーが停って、恵が降り立つと、集まった近所の人たちの間にどよめきが起った。

「――どうだ？」

殿永が声をかける。

「今のところ、死体はありません」

すすで真黒になった消防士が首を振った。

「しかし、妙なんです」

「何が？」

「火が出たとき、この家の主《あるじ》は確かにいたようなんです。一一九番通報して来たのも、当人からでした」

「唐山さんが？」

と、恵が言った。

「自分で消そうとしたが、どうしても無理らしい。来てくれ、と言ったそうで。しかし、無事に逃げたのなら、どこへ行ってしまったんでしょう？」

亜由美は殿永と目を見交わした。殿永は、

「捜索を続けてくれ」

とだけ言った。

恵が、まだ白煙の上る焼け跡へ入って行こうとして、消防士に止められている。

「――沼尻さん」

集まっていた人たちの中から進み出て来たのは、並木定一だった。

「並木さん――でしたね」

「あんたは、奴と付合っているのかね、本当に」

恵は真直ぐに並木を見て、

「『奴』というのは誰のことでしょうか」

と訊いた。

「もちろん、唐山のことだ」

「唐山さん、と呼ぶのが礼儀にかなっているのではございませんか？」

「あんな男に『さん』づけはできん」

「どういう意味でしょう」

「分っているはずだ。あの男は私の孫に暴行を加えた。獣にも劣る」

並木の頬に朱がさす。

「待って下さい。何の証拠があって、そうおっしゃるんです？」

「知っているだろう。あいつの好みの飲料のペットボトルが、孫のルイのそばに――」

「先生、待って下さい！」

と、亜由美がたまりかねて口を出した。

「おお、君か。ルイを救ってくれてありがとう。塚田君だったね」

「塚川です」

「そうか、失礼」

「先生。そのペットボトルのこと、同じものを飲んでいる人はいくらもいます。唐山さんが犯人だという証拠などないんです」

「君は奴を知らん。知っていれば納得するはずだよ。無口で陰気で、およそ人と付合おうとせん」

「『奴』と呼ぶのはやめて下さい！」

と、恵が叫ぶように言った。

「並木先生。人がおしゃべりだろうと無口だろうと、そんなことは何の証拠にもならないはずです」

と、亜由美は言った。「そんな勝手な想像だけで、人を犯人扱いするなんて、先生のお言葉とも思えません」

「君は、自分の娘や孫がひどい目にあわされたことがないから分らんのだ」

亜由美は愕然《がくぜん》とした。——いつも冷静で、ユーモアのある「知性の人」だと思っていた並木が、こんなにも感情をむき出しにしている。

こんな姿を見たくなかった、と亜由美は思った。

「——沼尻さん」

殿永がやって来た。「一応焼け跡を調べましたが、焼死体らしいものは見付かっていません」

「そうですか……」

恵は、ただ黙って頭を下げた。

殿永は、並木をはじめ、集まっている住人たちへ、

「目下のところ、必死に犯人を捜していますが、逮捕に至っていないことは、申しわけなく思っています」

「警察がやらんのなら、我々が自分たちで代りに罰してやる」

と、並木が言った。

「いいですか」

殿永は厳しい口調になって、「逮捕するに足る証拠を見付ければ、我々が逮捕します。誰にもその代理をつとめることは許されていません」

住民たちは、殿永の気迫に押されたように黙ってしまった。

「――この火事がもし放火と分れば、その犯人も逮捕しなくてはなりません。放火は重罪です」

「我々をおどすのか！」

と、住民の一人が甲高い声を上げた。

「あなたは？」

「自治会長の桐沢です」

「自治会長さんですか。そういう立場におられるのなら、特に冷静な判断をしていただきたいものですな」

「私は自治会長として、この地区の平和を守る義務があります」

と、桐沢が言い返すと、住人たちの間から拍手が起きた。

「罪もない人の家に火をつけるのが、平和を守ることですか！」

と、恵が言った。

「沼尻さん」

と、桐沢は口の端に笑みを浮かべて、

「あなたは唐山をかばいたいかもしれない。しかし、我々はあの男が犯人だと分ってるんです。もし、その考えがご不満なら、ここから出て行って下さい」

恵はじっと桐沢を見返して、

「もし出て行かなかったら？　私の家にも火をつけるんですか」

と言った。

「――殿永さん」

消防士が焼け跡からやって来て、「こんな物が」

それは、赤い色に塗られた、子供用のスコップだった。

「それは、ルイのスコップだ！」

と、並木が叫んだ。「見ろ！　これが奴の所にあった。犯人だという証拠だ」

一瞬、恵が青ざめた。

「待って下さい」

と、亜由美が言った。「おかしいわ。ルイちゃんを捜すとき、そのスコップは先生が持っていらしたはずです」

「それは――」

と、並木は詰ったが、

「ルイは二本持っていた。そうだ、二本あった」

「しかし、おかしいですよ」

と、消防士が言った。「火の中にあったのなら、触れないほど熱くなっているはずです
し、塗料も溶けているでしょう。これは何ともなっていない。おそらく、火がほとんど消
えてから、誰かが投げ込んだんです」

殿永はそのスコップを並木へ渡すと、

「お孫さんのためにも、こんなことはやめることです」

「私がやったと言うのか！」

「――お父さん、やめて」

と、止めたのは、妙子だった。

「妙子、お前はルイをあんな目にあわせた奴が憎くないのか」

「もちろん憎いわよ。私は母親よ！　でも、それが誰かを見付けるのは警察の仕事だわ」

「妙子さん」

と、殿永が訊《き》いた。「娘さんはどんな具合ですか？」

「ありがとうございます。もう、ずいぶん元気になりました」

と、妙子は言って、「お父さん、帰りましょう」

「妙子──」

「あの子も、本当の犯人を見付けてほしいはずだわ。ね、そうでしょ？」

妙子の言葉に、並木も返す言葉がなかった。

二人が戻って行くと、他の住人たちも、一人、また一人と散って行った。

「──ともかく、この山の秩序を乱すことは、私が断じて許しません！」

と、桐沢が精一杯強がって、行ってしまった。

「やれやれ」

殿永はため息をついて、「〈長〉の字がつくと、とたんに偉くなったように錯覚を起す人がいる。困ったものです」

「でも──」

と、恵は焼け跡へ目をやった。「唐山さん、どこへ行ったのかしら」

5　罠《わな》

「危ないことに首を突っ込まないでくれよ」

と、谷山は言った。

「危ないことじゃないわ。正しいことよ」

と、亜由美が言い返す。

「全く口のへらない子だな」

と、谷山は苦笑して、「そのセンスを、ぜひ授業やテストでも活《い》かしてほしいね」

「あ、ひどい！　恋人をそんな風に侮蔑《ぶべつ》して！」

と、亜由美は口を尖《とが》らした。

――大学の学生食堂。

お昼休みはもう終るところで、午後一番の授業のない亜由美は、空いた学食でのんびりとお昼を食べていた。

相手は、助教授で、かつ恋人の谷山。

「――さて、僕は講義だ」

と、谷山は立ち上って、「聞きに来る?」

「私、色々考えごとがあって」

「じゃ、帰りに」

「うん」

谷山が自分の盆を持って、急ぎ足で行ってしまうと、

「——亜由美、お客様」

神田聡子が声をかけて来た。

「あ……。どうも」

亜由美は、沼尻恵に会釈した。

「ごめんなさい」

と、恵は椅子にかけると、「あなたのことを見込んで、お願いがあるの」

「何でしょう?」

——あの火事から一週間。

唐山の行方はさっぱり分っていなかった。

「実は——」

と、恵がバッグからケータイを取り出した。

「あの人と、メールのやりとりをしていたんです、私」

「へえ……」

あの無口な唐山がメール？

「何だか似合いませんね」

と、聡子が素直に言うと、

「当人もそう言ってました」

と、恵は少し照れくさそうに、「でも、帰りに待ち合せたりするのに必要だと説得して、ケータイを持たせ、苦労して使い方を教えました。短いメール一つ送るのに、汗びっしょりになっていましたが」

何となく微笑ましい光景だ。

「そのメールが……」

「今日、届いたんです！」

恵がケータイのスイッチを入れた。

覗《のぞ》き込むと、〈しんぱいかけて、すまない。あ痛い。今夜十二時に、いつもの馬車で。

唐山〉

「漢字変換の下手な人だったんです」

と、恵は言った。

「分ります。〈あ痛い〉は〈会いたい〉、〈いつもの馬車〉は〈場所〉ですね」

「そうだと思います」

「で——〈いつもの場所〉って?」

「〈いつも〉っていうほど、会っていたわけじゃありませんけど、二回、デートらしいものをしたことがあります。そのときのことだと……」

「分りました。それじゃ、殿永さんへ連絡して——」

「それはやめて」

「でも——」

「殿永さんはいい人ですが、公務員です。当人の気持通りにはできないでしょう。ですから、塚川さんにぜひ一緒に来ていただきたいんです」

恵の言うことも、分らないではない。

亜由美は少し迷ったが、結局、

「分りました」

と、肯《うなず》いていた。

「人ごみは嫌いだと唐山さんはいつも言っていました」

恵の言葉に、亜由美は周りを見回して、「今なら、唐山さんもお気に召したでしょうね」

夜七時、八時ごろなら、若者たちで一杯になっている地下街も、夜中の十二時ともなると、当然のことながら、人気がない。

寒い時期で、外では寝ていられないホームレスが何人か、毛布にくるまったりして、あちこちで寝ていた。

「――今、十分過ぎですね」

と、亜由美は腕時計を見て言った。

「おかしいわ。約束の時間には、とてもうるさい人だったんです」

「でも、事情が事情ですし」

「そうですね」

恵は苦笑して、「あの人の方が大変な思いをしているのに……」

「ワン」

と吠《ほ》えたのは、むろん亜由美ではなく、ドン・ファンである。

夜中ということもあって、一応用心のために連れて来た。

「誰か来ます」

と、亜由美が言った。「私、隠れてますから」

「すみません」

唐山が誤解してはいけないので、まず恵一人で会おうということになったのである。

ズラリと並んだショーウインドウも今は明りが落ちている。コートを着て、えりを立てた男が足早にやって来た。

恵は、ちょっと眉《まゆ》をひそめると、物かげにいる亜由美の方へ、首を振って見せた。

唐山ではない。

親しい人間というのは、遠くから見ても、歩き方や全体の印象で分るものだ。

「――まあ、桐沢さん？」

あの自治会長である。

「どうも……」

桐沢はいつもの勢いがなく、妙におどおどした様子で、キョロキョロと辺りを見回している。

「――どうしてここへ？」

「呼び出されたんですよ、唐山に。――唐山さんに」

と言い直す。

「あの人があなたを呼び出したんですか？」

「ええ、昼間、電話があってね」

桐沢は肩をすくめて、「来たかったわけじゃない」

「変ですね」

と、亜由美が出て行くと、桐沢はびっくりして飛び上った。

「何だ、突然！」

「何をそうびくびくしてるんです？」

「びくびくもするさ！　相手は子供を半殺しの目にあわせるような奴だ」

「でもおかしいじゃありませんか。どうして言われる通りにここへやって来たんです？」

「そりゃあ……言われた通りにしないと、何をされるか……」

「唐山さんは、一人で姿をくらましているだけですよ。別に子分を沢山抱えたギャングのボスってわけじゃない。大体、なぜ警察へ通報しなかったんです？」

「だから、警察へ知らせたら……」

「――どうするって言われたんですか？」

「どうだっていいだろう、そんなこと！」

桐沢は真赤になって怒っている。

「――電話だわ」

恵のケータイが鳴って、急いでバッグから取り出すと、「唐山さんからだわ！――もしもし？――もしもし？」

恵はくり返して、

「――出ないわ。――もしもし、唐山さん？　聞こえる？」

と、必死で呼びかけている。

そのとき、

「火事だ！」

という声が、地下街に響いた。

亜由美が振り向くと、トイレの辺りから、白い煙がもうもうと出て、地下街へ流れ出している。

「火事だ！」

「逃げろ！」

「煙を吸うな！」

あちこちで声が上った。

寝ていたホームレスたちが、あわてて飛び起きると、身の周りの物を両手で抱え込んで駆け出す。

「危ない！」

亜由美は、恵の腕を取って端の方へ引張った。

出口が近いので、ホームレスたちがみんな亜由美たちのいる方へと駆けて来たのだ。

「危ないぞ！」

「気を付けろ！」

ホームレス同士も、ぶつかって転んだりしながら、我先に階段を駆け上って行く。

「私たちも逃げましょ」

と、亜由美は言った。「でも――少し落ちついてからの方が」

煙はゆっくりと広がって来ている。

「ワン」

ドン・ファンがあまり迫力のない声を出した。

「この煙……。火事なのかしら、本当に？」

亜由美は首をかしげたが、ともかく万一のことがあっては、と、「ドン・ファン！　行くわよ！」

と、大声で呼んだ。

階段を上って外へ出ると、煙を感知したのか、警報が鳴り出すのが聞こえた。

「――おかしいわ」

恵は、火事よりケータイの方が気になっているようで、「かけてみても出ないし。でも、確かに唐山さんのケータイからだったのに」

「――あの自治会長さんは？」

と、亜由美は見回して、「一緒に来なかったのかしら？」

「どうだっていいわ、あんな人」

恵は気にもしていない。

「でも、唐山さんに呼び出されたと……。見て来ます」

亜由美は、地下街への階段を下りて行った。

「——雨洩《も》り？」

ザーッという音と共に、地下街に水が降り注いでいる。

「あ、そうか」

煙を感知して、スプリンクラーが作動したのだ。

「傘、持って来りゃ良かった」

と、階段を下りた所でためらっていると、水の溜《たま》った床に、誰かが倒れているのが見えた。

「——桐沢さん？——桐沢さん！」

大声で呼んだが、動く気配がない！

その内、倒れた桐沢の体の辺りで水が赤く溜り始めた。

「——まさか！」

突っ立って見ているわけにはいかない。

亜由美はくるぶしまである水の中へと思い切って下りて行った。

「——刺殺？」

亜由美は思わず訊《き》き返した。

「刃物で、背中から一突きです」

と、殿永が肯《うなず》く。

「そんな……」

パトカーは、あの山の道を上っていた。

恵は首を振って、

「でも、どうして？——唐山さんに、桐沢を殺す理由なんてありません」

「唐山さんがやったとは限りませんよ。桐沢さんの話も、本当かどうか」

「ねえ。あのときの様子、おかしかったわ。明らかにびくびくしてた」

と、亜由美が言った。「でも、あの煙は？」

「発煙筒です。車に緊急用に積んであるやつですよ」

「じゃ、わざと騒ぎを起して……」

「ホームレスたちが先を争って逃げる。その中に紛れて、桐沢さんを刺したんでしょう」

「でも、なぜ？」

「さあ。——それをこれから調べます。沼尻さん、桐沢さんの奥さんのことは？」

「お顔くらいは。——ほとんど毎日、カルチャーセンターとかへ通ってらっしゃると伺ったことがあります」

「毎日出歩いてはいるようですが、行先は主に別の社会勉強のようですよ」

「別の？」

「連日のようにホストクラブ通いをしていたようです」

「まあ……」

「ご主人が亡くなったという連絡がついたときも、その手のクラブの一軒にいらしてましてね。『あ、そうですか』とだけおっしゃったそうです」

――深夜、パトカーが桐沢の家の前に着くと、近所の家々の窓の明りが点《つ》いた。

「――ワン」

ドン・ファンがパトカーを降りると、タタッと駆け出す。

「ドン・ファン！　どこに行くの？」

ドン・ファンは、ゴミ置場へ行くと、黒いビニール袋にかみついて破り始めた。

「ちょっと！　やめなさい！」

と、亜由美は駆け出した。

玄関から、黒いスーツの桐沢の夫人が現われて、

「お待ちしておりました」

と迎えた。

「この度は、ご主人のことで――」

と、殿永が言いかけたとき、

「これ見て！」

　と、亜由美が叫んだ。

　桐沢の夫人がサッと青ざめた。

「まあ、犬が……」

「これです」

　亜由美が、ビニール袋の中から取り出したのは、あの、〈R〉のペットボトルだった。

「中身、入ったままですよ。十五、六本もあります」

　殿永が桐沢夫人の方を見ると、

「あの……〈R〉はいつも主人が飲んでいたんです。でも、この騒ぎで買いにくくて……。私が遠くで買って来てたんです」

「それを、なぜ捨てたんです？」

「だって……もし見られたら、疑われるかと思って」

「こんなことをすれば、ますます疑われますよ」

　と、殿永は首を振って、「――奥さん」

「はあ」

「捨てるときは、ちゃんと空にしてからにして下さい」

　と、殿永は言った。

6　有名人

「問題の人物、Kは四十歳で一人暮しでした。近所付合いもほとんどなく、顔を合せても挨拶《あいさつ》もしないという、ご近所の方の証言もあります！」

TVの画面で、リポーターはツバがレンズにかかりそうなアップで怒鳴っていた。

「——一人暮しは、みんな変質者か」

と、神田聡子が首を振って、「亜由美、いいの、こんなこと言わせて？」

「私がやめさせるわけにいかないでしょ」

大学の帰り道、亜由美と聡子は甘味のお店に入った。TVがついていて、午後のワイドショーで〈K〉すなわち唐山のことが取り上げられていたのである。

「——見て」

と、聡子が言った。

TVの画面に出ていたのは、並木教授である。

むろん、唐山のことをまるきり犯人扱いした上で、

「ああいう怪物は、見付け次第、石を投げつけて殺してしまえばいいのです！」

と、カメラに向って言った。

「――怪物、か。どっちが〈怪物〉かね」

と、亜由美は言った。

「でも、TV局もひどいね。別に警察はあの人が犯人だなんて言ってないのに」

そう。――恐ろしいことである。

公の機関が認めていないことを、報道機関が「事実」のように広めて行く。

「一つの局が取り上げたら、よそも追いかけるだろうね」

と、亜由美はため息をついた。

「私、聞いたよ」

と、聡子が言った。「パソコンのインターネットでは、〈唐山佐吉〉って実名が出てるんだって。しかも写真付き」

「写真？　どこでそんなもの手に入れたんだろ」

「分んないけどね。私も直接見たわけじゃないし」

「沼尻さんの母娘に、何か害が及ばないといいけどね」

亜由美が一番心配しているのは、そのことである。もちろん、行方をくらましている唐山のことは心配だが……。

「――亜由美」

聡子が急に声をひそめて、亜由美の腕をつついた。

亜由美たちの席は、店の入口から見えにくい、奥まった位置である。別にそこを選んだわけではなかった。

「あれ、並木教授だ」

と、亜由美は呟《つぶや》いた。

たった今、TVの画面で、唐山のことを「怪物」と呼んでいた当人である。

むろん、大学へ来ているのだから、ここで会ってもふしぎではない。

「——コーヒーはあるかね」

並木は、ウエイトレスに訊《き》いた。

「はい。ブレンドでよろしいですか」

「うん。——あ、待ってくれ。カフェ・オ・レを」

と、並木は訂正した。

「いつも来てるわけじゃなさそうね」

と、亜由美は言った。「コーヒーがあるかどうか訊くなんて、たぶん初めてに近いのよ」

「確かにね」

ウエイトレスが水のグラスを持ってくると、並木は、

「もう一人来る」

と言った。「——ああ、来た」

並木が手を上げて見せた。

入って来た、並木の待ち合せの相手が視界に入ったとき、亜由美と聡子は、またびっくりすることになった。

入って来たのは、なんと殺された桐沢の妻だったのである。

確か、桐沢久枝《ひさえ》といったか。

夫が殺されたばかりなので、地味なスーツを着ているが、イヤリングやブレスレットが
キラキラと光っている。

「——何だか派手だね」

と、聡子が小声で言った。

残念ながら、二人の席からは、並木と桐沢久枝の話までは聞き取れない。

しかし、少なくとも見えている様子では、あまり友好的な会見とは思えなかった。

桐沢久枝は、ずっと硬い表情で、並木の話に聞き入っていて、ほとんど口を開かなかっ
た。注文した紅茶にも手をつけない。

並木が言葉を切って、自分のコーヒーをゆっくり飲むと、久枝はバッグを開け、中から
封筒らしいものを取り出して、並木の前に置いた。

「——何だろ?」

と、聡子が眉《まゆ》を寄せる。

「まさか札束ってことはないと思うけど」

久枝は、封筒を渡してしまうと、さっさと立ち上り、店から出て行ってしまった。

並木は封筒の中を覗《のぞ》き込んで、ちょっと満足気に肯《うなず》くと、それをコートのポケットへ入れ、席を立った。

「聡子、行こう」

と、亜由美が促す。

「どこへ？」

「並木先生の後を尾《つ》けるのよ」

二人は急いでコートを着ると、支払いをすませた並木が店を出るのを見て、すぐにレジへと急いだ。

「――払っとくわ」

と、亜由美が支払いをする。「聡子、表に出て、並木先生がどっちへ行ったか、確かめて」

「分った。でも、亜由美、生徒が先生の後を尾けるって、珍しいよね」

聡子の言葉に、亜由美は「なるほど」と思った。

来た。

明るい声が弾んで、ホテルのロビーを、ほとんど走るような足どりで女性が一人やって

「先生！」

きっと、いつも駆け回っているのだろう、と思える印象の女性。——三十前後か、おそらく並木の教えた子の一人だろう。

「見たことある、あの人」

と、聡子が言った。「TVに出てるわ」

「モデルか何か？」

「違うよ。ニュース番組とか、ワイドショーの芸能ネタとかでよく出てくる」

言われてみると、亜由美にも見憶《みおぼ》えがあるようだ。

「TVのアナウンサー？　いやな予感がする」

ロビーの隅で、並木を見張っていた亜由美は言った。

「同感。——まずいことになるかもね」

並木たちは、ロビーの奥のコーヒーラウンジへ入り、しばらくして出て来た。

「やっぱり」

と、亜由美は肯いた。

あの封筒が、その女性アナウンサーの手にあったのだ。

並木は上機嫌で、

「今度、ゆっくり遊びに来てくれ」

と、教え子の肩をポンと叩《たた》いた。

「──どうする？」

と、聡子が訊く。

「あの女の人の方を尾けよう」

「どうするの？」

「話をする」

と、亜由美は単純な答えをした。

──女性アナウンサーは、並木と別れた後、ロビーに残って、ケータイでどこやらへ連絡していた。

並木はもう帰っただろう。

亜由美は、思い切ってその女性アナウンサーの方へと真直ぐに歩み寄った。

「失礼します」

「え？」

「ちょっとお話があるんですが。私たち、今並木先生の授業を取っている学生です」

「あら、じゃ後輩ね。私に何の用？」

「その封筒の中身のことで」

と、亜由美は言った。

――ラウンジへ逆戻りすることになった女性アナウンサーは、広田《ひろた》のぞみといった。

「そういうことだったの」

と、広田のぞみは亜由美の話を聞いて肯いた。

「教えて下さい。その封筒の中身、唐山さんについての資料ですね」

広田のぞみは少しためらっていたが、

「悪いけど、教えるわけにいかないわ」

と、首を振った。「TV局にとって、ニュースの出所は絶対に明すことができないの」

「でも、事情が事情です。お願いです。――もし答えられなければ、聞いて下さい。唐山さんを犯人と決めつけて放送している局があります。もし、あなたの局でも、同じ姿勢で報道すれば、ますます犯人が唐山さんだと思われてしまいます。これで他に犯人が見付かったら……」

「あなたの言うことは分るわ」

と、広田のぞみは言った。「でも――よその局で先に取り上げたっていうだけでも、上司は不機嫌なの。それを、並木先生が独自のネタを下さった。うちの局としては大助かりだわ」

「独自のネタって、何ですか？」

「それは――言えないわ」

　亜由美はため息をついた。

「お願いです。もう一度考えて下さい。唐山さんは、お宅に放火までされたんです」

「聞いたわ」

「それと――唐山さんとお付合いしている女性がいます。今でも、周囲の家から冷たい目で見られてるんです」

「――沼尻恵っていう人ね」

　亜由美は、想像が当っていたことを知った。

「並木先生の『独自のネタ』って、そのことなんですね」

　広田のぞみは答えなかった。しかし、間違いないだろう。

「沼尻さんにも、小学生の女の子がいます。TVで興味本位の報道をされたら、どんなに傷つくでしょう」

「塚川さん――だっけ？　あなたの気持は分るけど、私は番組のスタッフの一人でしかないの。この情報を使うかどうか、私が決めるわけにいかないのよ」

　と、広田のぞみは言った。

「でも――」

「あなたの話は伝えるわ。上がどう判断するかは分らない」

広田のぞみは早口に言うと、「他のスタッフが、私の戻るのを待ってるわ。もう行かないと」

と、立ち上った。

亜由美も、それ以上はどうすることもできなかった。

広田のぞみが、伝票を取ろうとするのを亜由美はパッと手で押えて、

「ここは私が払います」

と言った。

「でも、どうせ局の払いだから」

「私の用でお引き止めしたんですから。私が払うのが筋です」

亜由美の言葉に、広田のぞみはなぜかハッとした様子で、

「筋?」

と、訊《き》き返した。

そして、少し間を置くと、

「筋、なんて言葉、忘れてたわ」

と、ひとり言のように言った。「じゃあ、これで」

足早にラウンジを出て行く、女性アナウンサーの背中を見送って、

「多少は気にしてくれたかな」

と、亜由美は言った。「しょうがない。行こうか」

「うん……」

「聡子」

「何？」

「コーヒー代、半分ずつにしよ」

亜由美は切実な口調で言った。

——結局、広田のぞみが上にどう言ったにせよ、その意見は全く取り入れられなかった。

その日の夜のニュースショーで、広田のぞみの局は、唐山の名を出し、更に、「唐山と親しい女性」として、〈M・Nさん〉の自宅まで、画面に映し出したのである。

7 魅惑

「突然お邪魔して、どうも」

と、殿永が恐縮している。

「ワン」

「どういたしまして、って、あんたの言うことじゃないわよ」

と、亜由美がドン・ファンへ言った。

「夕食はもうすまされましたか」

「ええ、うちの夕食は至って簡単ですから」

と、母、清美が言った。

「それで、殿永さん、急なご用って?」

「裏付けを取る必要がありまして。それにお力を貸していただきたい」

「何のこと?」

「桐沢のことです。——桐沢は食堂を経営していたということで、それは事実なんですが、以前は十軒近かった店の内、半分以上は不景気で店を閉めているんです。それでいて、夫人の久枝さんはホストクラブに入り浸っていた」

「お金がかかるんでしょ、ああいう所は?」

と、清美が訊く。

「もちろんです。人気のあるホストを喜ばせるには、少々のプレゼントじゃすみませんからね」

「あの奥さん、どこからそのお金を——」

「そこなんです。しかし、ホストへのプレゼントは、もちろん記録など残っていない。税務署に目をつけられますからね。我々が事情を聞きたくても、話してはくれません」

と、殿永は座り直して、「そこでお願いなんです。久枝夫人の通っていたホストクラブに客として入って、夫人の浪費ぶりを聞き出してほしいんです」

亜由美にも、殿永の言うことは分った。しかし……。

「でも、私なんか若すぎて怪しまれちゃいますよ」

「もちろんです」

と、殿永は肯《うなず》いて、「お願いしたいのは、清美さんの方なんですが」

亜由美は愕然《がくぜん》として、しばし言葉を失った。

ドン・ファンも呆《あき》れたように顔を上げて殿永を見た。

「いや、むろん清美さんがご承知下されば、の話です」

決ってる。母が承知しないわけがない。

「――私ごとき者でお役に立てるのでしたら、喜んで」

と、ニコニコしている。

「いや、助かります！　婦人警官では、やはりホストクラブで遊ぶという雰囲気が出ませんし」

「でも、お母さんだってそんな所――」

「あら、私はとても社交上手で知られてるのよ、昔から」

「そりゃ分るけど……」

「ご主人のご了解もいただかないと」

と、殿永が言うと、

「正義のためには、身の危険も顧みず、王女は剣をとるのです！」

突然、父、塚川貞夫が現われた。

「お父さん、少女アニメにそんなのあるの？」

「今はヒロインの方が男を助け出す時代なのだ」

亜由美はため息をついた。

「好きにして」

と、ふてくされる。

「お一人では心配です。清美さんを女社長ということにして、その秘書として誰か婦警をつけましょう」

「あら、それなら亜由美を連れて行きますわ。この子にも社会勉強させなくては」

何の勉強？——しかし、母一人やるよりは安心だ。

「じゃ、社長の愛犬も連れて行きましょ」

と、亜由美は言った。「ね、ドン・ファン？」

ドン・ファンは、あまり気が進まない様子だった。

それもそうか。——ホストクラブなんて、ドン・ファンの一番関心のない所だろう。

しかし、ドン・ファンは一応「食べさせてもらっている」という気持からか、起き上って、

「ワン」

と、一声吠《ほ》えたのだった……。

ロールスロイスが店の前に横づけされると、入口の所に立っていたタキシードの青年が駆けて来てドアを開けてくれた。

「——清美様でいらっしゃいますね。お待ちしておりました」

「どうも」

清美はシャネルのスーツに、首やら手首やら、キンキラキンに飾り立て、悠然と車を降り立った。

「ご案内いたします」

「私の秘書と子供も一緒なの」

「お子様——ですか？」

「この子よ」

ドン・ファンがスルリと車から出てくる。

「これは可愛いお子様で。——どうぞ」

清美は、亜由美の方へ、

「ついてらっしゃい」

と、声をかける。

「——役に入りこんでる」

と、亜由美はため息をついた。

亜由美の方は地味な紺のスーツにメガネ。言われるままに、清美の後について行った。

——きっと、昼間見れば安っぽくて寒々とした作りなのだろうが、夜のほの暗い照明の下では夢のような世界に見える。

清美たちが店へ入って行くなり、

「いらっしゃいませ！」

と、数人の男たちがワッと寄って来る。

もちろん、前もって殿永が予約を入れ、しかも清美が「上客」だという情報を流してある。

「〈ミチル〉がご指名でございましたね。少しお待ちを」

支配人が出て来ると、清美たちに挨拶《あいさつ》して言った。「それまで他のホストがお相手をいたしますので」

「あら」

と、清美は出されたおしぼりで手を拭《ふ》きながら、

「どういうこと？　ちゃんと時間も言っておいたでしょ」

「承っております。ただ、〈ミチル〉は大変人気のあるホストでございまして、お客様のご指名も大変に多いものですから……」

「そう。――じゃ仕方ないわ」

「ほんの少しの間でございますので」

清美はおしぼりをポンと投げ出すと、立ち上った。そして、亜由美の方へ、

「帰るわよ」

と、声をかけた。

亜由美はびっくりしたが、

「は、はい、社長！」

と、急いで答える。

支配人が焦って、

「あの——少々お待ちを」

「前もって言っておいたことも守れないお店は、すべてにわたって信用できません。行きましょ」

一人、さっさと店を出ようとする清美に、支配人は追いすがるようにして、

「お待ち下さい！　すぐ——今すぐ〈ミチル〉を呼びます！」

清美は足を止め、

「本当に？」

「はい、ただちに。お席にお戻りになるより早く」

「それなら待ちましょう」

清美は悠然とソファへ戻った。

亜由美は我が母ながら、その度胸に感服した。

確かに、待つほどもなく白いスーツのスラリとした美青年がやって来た。

「お待たせして失礼しました。〈ミチル〉と申します」

そつのない笑顔で、清美の傍に座り、「ご指名下さって、本当に嬉《うれ》しいです」

「こちらも会えて良かったわ。お友だちからあなたのことを聞いてたの」

と、清美はすっかり女社長になり切っている。

「オン・ザ・ロックを」

亜由美はびっくりした。母はお酒を飲まないはずだ。

「ただし、ウーロン茶のね」

と、清美は付け加えて、チラッといたずらっぽく亜由美の方を見た。

そして、足下に優雅に寝そべるドン・ファンを手を伸してなでると、

「この子には牛乳を。ただし低脂肪乳よ」

と、注文した。「それと、この秘書にも何かやって。飲物なら何でもいいわ。一番安いもので」

亜由美は呆《あき》れながらも改めて母の演技力に感嘆していた……。

清美たちが店に入って一時間もたつと、その一画は店のホストの半分以上が集まる大盛況になった。

清美は、

「社長さん」

「社長さん」

と呼ばれて、すっかりその気分。

亜由美はまるで無視され、一人でジンジャーエールを飲んでいた。

「──みんな何が欲しいの？」

と、清美は言った。「ただし、お世辞だけじゃいいサービスとは言えないわよ。プロフェッショナルの名にふさわしい人にだけ、好きなものを買ってあげる」

「いえ、それは──」

と、〈ミチル〉が言った。「お客様から個人的にプレゼントをいただくことはお店が禁じてますので」

清美は笑って、

「よく言うわ！　私のお友だちはあなたに何千万も貢いだって言ってたわよ」

「お友だちとおっしゃるのは……」

「桐沢久枝さんよ」

「ああ、あの方ですか」

と、〈ミチル〉は薄笑いを浮かべて、「あの方はよく『忘れもの』をなさるんです」

「忘れもの？」

「ええ。お帰りになると、たいていソファにリボンをかけた箱をお忘れになっているんです」

「中身は？」

「色々です。その都度ブレスレットとか腕時計とかが入っていて」

「それはあなた宛でしょ？」

「一応は。でもお返ししようとすると、『いいから預かっといて』とおっしゃるんです」

「じゃ、もらったんじゃなくて、預かったってわけ？」

「ええ」

「久枝さんのご主人、亡くなったのよ。知ってる？」

「ええ。怖いことですね」

「預かったものを、お返ししたら？」

「僕もそう思ったんですよ。でも、僕って、もともとああいうものを買うのがとても好きでしてね。お預かりしたのと一緒に置いていたら、どれをお預かりしたのか分らなくなっちゃったんです」

都合のいい理屈に、亜由美はふき出しそうになった。

「それじゃ、私もぜひ『預かって』もらわなきゃ」

「お預かりなら、いくらでも」

みんながドッと笑った。

「でもね、私も意地があるわ。久枝さんに負けたくないの。憶《おぼ》えているだけでいいわ。彼女からいくらのものもらったか――じゃない、預かったか、教えてくれない？」

と、清美は言った。

「そうですねえ……。ブレスレットが三百万。腕時計が五百万、車が一千万……。あと、ヨーロッパ旅行のファーストクラス代とか……」

一千万どころではない。

「なかなかやるわね。あそこも苦しかったはずなのに」

「だからアルバイトをご紹介したんですよ」

と、他のホストの一人が言うと、〈ミチル〉がキッと鋭い目でにらみつけた。

その目つきは、亜由美が一瞬凍りつくほど凶悪なものだった。

にらまれた方は青くなって、あわてて口をつぐんだ。

「――アルバイトって？」

と、清美は平然としている。

「何でもないんです。お聞き流しを」

と、〈ミチル〉は微笑んで、「社長さんは何を預けて下さるのかな？　そのネックレスなんて、僕、大好きだな」

「あら、そう？　でも、ネックレスじゃ、あなたは使わないでしょ」

「お洒落《しゃれ》の好きな母がいるんです。僕の幸福は、母を喜ばせることですから」

「まあ、感心ね。年下のお母様じゃないの？」

と、清美はからかって、「じゃ、これ、持って行って」

亜由美は、清美がネックレスを外してしまうのを見て目を丸くした。――イミテーションなど、すぐに見破られてしまうというので、殿永が宝石店から借りて来た本物である。

「社長、それは――」

と、止めようとすると、

「挨拶《あいさつ》代りよ。さ、どうぞ」

「ありがとうございます！」

〈ミチル〉は、手にしたネックレスをしっかり「鑑定」していた。

「本物でしょ？」

「ええ、もちろん！　立派な品です」

〈ミチル〉はネックレスをポケットへ入れた。

どうするのよ！――殿永が自分の給料で払ったら、何年かかるか。

「その代りに、あなたは久枝さんにどんなサービスをしてあげたの？」

と、清美が訊《き》いた。

そのときだった。他の席にいた客の一人がトイレに立って、清美たちの席の前を通ったのである。

「――あら」

大分酔っ払っているその中年女性は、目をパチクリさせて、「もしかして……」

と、清美の顔をまじまじと眺めた。

亜由美は仰天した。すぐご近所の奥さんである。

いつも地味にしている、ごく普通の奥さんだが、今は別人のように濃い化粧をして、およそ似合わない派手な服を着ている。

「やっぱり！　塚川さんじゃないの！」

と、その奥さんが声を上げる。

「お人違いでは？」

と、清美もさすがにやや焦って言った。

しかし、塚川という名は予約のときに知らせてあるのだ。

「とぼけないでよ！　お互いさまじゃないの。まあ、塚川さんもこういう趣味があったのね！　あら、そっちは亜由美ちゃんでしょ！　まあ、親子でホストクラブに？　すばらしいわ！」

亜由美も、思いがけない出来事に、どうすることもできない。

「――親子ですって？」

〈ミチル〉がいぶかしげに言った。

「ええ、そうよ。このお宅も皆さん変ってるの。刑事さんとも仲が良くてね」

その場の雰囲気がガラリと変った。

「——じゃあね、塚川さん」

と、その奥さんはふらつく足で行ってしまった。

〈ミチル〉は別人のように冷ややかな顔つきになると、

「なるほどね。——何を探りに来たんだ？　このまま帰すわけにゃいかないな」

亜由美は、ドン・ファンがテーブルの下からスルリと抜け出し、タッタッと駆けて行くのを見た。

逃げるな！

「——刑事さんと親しいとあっちゃ、黙って見過すわけにいかない。話してもらいましょうか」

「何を？　あなたたちのアルバイトのこと？」

と、清美はいやに落ちついている。

「やっぱりか」

〈ミチル〉は立ち上った。「おい、この二人を奥へ連れてけ」

そのとき、店内の明りが一斉に消えた。

地下の店だ。真暗で何も見えない。

亜由美は見当で母の手をつかみ、

「逃げるのよ！」

と引張った。

「逃がすな！」

グラスが割れる音、足音が入り乱れて、

「どこだ！」

「明りをつけろ！」

と、怒鳴り声が飛び交う。

そして——パッと明るくなると——。

「みんな動くな！」

殿永が拳銃《けんじゅう》を手に立っていた。

警官が次々に店内へ駆け込んで来る。

亜由美は呆気《あっけ》に取られていた。

「大丈夫だって」

と、清美が言った。「ちゃんと小型マイクで殿永さんに話は聞こえてたんだもの」

「ちゃんと言っといてよ！」

頭に来た亜由美は言った。

「そのアルバイトの話を聞こう」

と、殿永は言った。「店の中を徹底的に捜索する」

ドン・ファンがスタスタとやって来た。

「あんた、どこへ隠れてたのよ！」

と、亜由美が怒鳴ると、殿永が言った。

「いや、ドン・ファンは店の電気のブレーカーを落として、明りを消したんです。助けたんですよ、お二人を」

「まあ……。ドン・ファン！　ありがとう！」

亜由美が抱きしめようとすると、ドン・ファンはフンとそっぽを向いた……。

8　真　実

沼尻恵は、自宅の前に着いて足を止めると、肩で息をついた。

夜——といっても、恵にとってはそうひどく遅いわけでもない。

「ただいま」

と、ドアを開けて声をかける。「——沙江？」

恵が疲れているのは、歩くのが辛《つら》かったからではない。車で乗せて来てくれる唐山がいないからである。

「——沙江？　どこ？」

トイレや部屋を覗《のぞ》いてみたが、沙江の姿はない。

恵は不安になった。

勝手に出かけてしまうような子ではない。

「おかしいわ……」

途方にくれた恵が居間に立っていると、玄関のドアを叩《たた》く音がした。

「まあ！　どこ行ってたの！」

ホッとして、つい強い口調で言った恵は、ドアを開けて立ちすくんだ。

唐山が立っていたのだ。

「──どうしたの？」

「沙江ちゃんは？」

「沙江が……」

「大けがをしたと聞いて」

「沙江がけがを？」

恵は混乱した。

「君がメールをくれたんじゃないのか」

「私じゃないわ。でも──沙江がいないの」

「何だって？」

「妙ね。──ともかく中に入って。人に見られるわ」

と、恵が言ったとき、突然まぶしい光が沼尻家の玄関を照らし出した。

「やって来たな」

車が何台も並んで、そのライトを沼尻家に向けて点灯させていた。

「──並木さん！」

と、恵は言った。「あなたが……」

「娘さんの大けがは事実じゃない。今のところはね」

と、並木は言った。

「沙江をどうしたんですか！」

と、恵は叫んだ。

「安心しなさい。娘さんはうちにいる」

「どういうこと？」

近所の人たちが集まっている。――まぶしい光で目がくらんでいたが、それは何とか見分けられた。

「その男をこっちへ渡しなさい」

と、並木は言った。「交換に、娘さんを返してやる」

恵は体が震えた。

「何て卑怯《ひきよう》なことを……」

「ルイに乱暴するより卑怯ではないよ」

「この人のやったことじゃありません！」

「あんたがどう思っていようと、こっちの知ったことじゃない。――さあ、その男を」

唐山が、恵の肩をつかんで、

「君は中へ入っていなさい」

と言った。

「でも……」

「沙江ちゃんのことが大切だ。心配しないで」

「そんなこと……。殺されるわ、あなた」

並木が何かを放り投げた。――野球バットが、恵の足下へ転がってくる。

「我々はその男を殺さない。あんたがやるんだ」

「――何ですって？」

「そのバットで、唐山の頭を思い切り殴りつけるんだ。――殺さなくてもいい。車へ乗せて、この坂を車ごと走らせる。車は転落して唐山は死ぬ。あんたが殴ったことは、秘密にしておいてやるよ」

恵は膝《ひざ》が震えて、立っているのもやっとだった。

「そんなこと……できません！」

「では、うちにいるあんたの娘が代りに殴られることになるが、いいのかね？」

「やめて！」

「それがいやなら、唐山を殴れ」

唐山はバットを拾い上げると、

「さあ」

と、恵の手に握らせた。

「あなた……」

「僕を殴れ。沙江ちゃんを助けなくちゃ」

「できない！　できないわ！」

「いいんだ。沙江ちゃんのために死ぬなら、本望だよ」

唐山は、恵から少し離れると、クルリと背を向けた。

「——さあ、殴って」

「できない！」

「大丈夫だ。——低くなった方がやりやすいね」

唐山はその場に膝をついた。

恵は震える手でバットを握りしめると、ゆっくり振り上げた。

唐山はじっと動かない。——恵の頰を涙が伝い落ちた。

「さあ、思い切って！」

と、唐山が言った。

恵がバットを振り下ろした。——しかし、バットは唐山のそばの地面を打って、転がった。

「できない……。できないわ……」

恵は唐山を後ろから抱きしめた。「一緒に殺してもらうわ！　あの子も一緒に！」

恵の叫び声が夜の中に響いた。

車のエンジン音がした。

「誰だ！」

並木が振り向く。

「――TV局の者です」

と、女性の声がした。

「広田君じゃないか」

「先生。――先生には失望しました」

広田のぞみは言った。「今の様子、全部ビデオにおさめました。そのテープを今、車が局へ運んでいます」

「君は――」

「先生。その人は犯人じゃありません。幼い子に乱暴する人が、そんな風に自分の命を差し出しますか？」

「こいつがやったんだ！　分らんのか！」

並木が近所の人たちを見回して、「誰でも知っている！　訊《き》いてみろ」

しかし、雰囲気は変っていた。

町の人々は、並木から離れて行った。

「――どうしたんだ！　こいつを殺さなくては、また同じことが起るぞ！」

「ワン」

――ドン・ファンが吠《ほ》えた。

「並木先生」

亜由美が進み出てくる。「なぜ、そんなに唐山さんがやったことにしたがるんですか？」

「それは――奴がやったからだ」

「そうじゃないでしょう」

「何だと？」

そのとき、殿永が沙江の手を引いて現われた。

「沙江！」

恵が駆け寄って、娘をしっかり抱きしめた。

「――並木さん」

と、殿永が言った。「もうすんだんです」

「何のことだ？」

並木は、娘の妙子が殿永の後ろに立っているのを見て、青ざめた。

「お父さん……。もうやめましょう」

と、妙子が言った。「罪のない人に、そんなひどいことを……」

「ルイを殴ったのは私です」

と、妙子は言った。

恵が愕然《がくぜん》として、

「あなたが？　自分の娘を？」

「怒ると、自分でも分らない内に手を上げてしまうんです。——あのとき、ルイは服を汚して帰って来て、私の顔を見て逃げ出しました。私は追いかけて、追いかけて——。あの雑木林で捕まえると、思い切り殴りつけていました……」

妙子が地面に膝をついた。「気が付くと、あの子は倒れていて、動かなかった。……怖くなって、私は家へ逃げ帰りました」

「それをかげで覗《のぞ》いていたのが桐沢さんでした」

と、殿永は言った。「気を失っているルイちゃんに近付くと、助けるどころか服をはぎ取ったのです」

「そこへドン・ファンが駆けつけたのね」

「桐沢さんはあわてて逃げ出した。——ルイちゃんは、何も憶《おぼ》えていません。母親に殴られたことも」

「唐山さんは知ってたんでしょ」

「あの子は、時々一人で寂しそうにしていた。僕のことを気に入って、ポツリポツリと話してくれた。ママがぶつの、と」

と、亜由美が言った。

唐山は肯《うなず》いて、

「——それなら、なぜ言わなかったの?」

と、恵が言った。

「ルイちゃんが忘れていると分ったからだ。——これで妙子さんも乱暴するのをやめるだろうと思った。真相が分って、ルイちゃんがすべてを思い出したら、ルイちゃんの心に取り返しのつかない傷が残る」

「だからって……。あなた、家まで焼かれて!」

「その内、おさまると思ってたんだ。桐沢さんの奥さんが、僕のケータイに連絡をくれた。状況を連絡すると言ってくれて」

「まあ! あの人にどうしてケータイの番号なんて教えたのよ!」

と、恵が怒ったので、何となく笑いが起り、空気が和んだ。

「君たちの様子を知りたかったし、直接連絡しても、君は本当のことを言わないかもしれないと思った。僕のためばかりを考えてね」

「ひどい人!」

恵が唐山の手を握りしめた。

「――桐沢久枝さんはホストクラブで大金をつかって、それを夫に知られるのを恐れていました」

と、殿永が言った。「クラブですすめられて、麻薬の売買に手を染めるようになったんです」

「まあ……」

「夫にそれを隠し切れなくなり、思い余って夫を殺してしまったのです。――今なら、唐山さんのやったことにできる、と思ってね。唐山さんの名で夫を呼び出し、刺し殺したのです」

「どうしてあのとき、桐沢さんはびくびくしてたんですか？」

と、亜由美が言った。

「夫が小さい女の子に興味を持っているのを知っていて、久枝さんはそれをばらすと脅したんですよ」

「それで……。じゃ、あのとき、唐山さんが恵さんを呼び出したのは……」

「あのメールは、久枝さんが送ったんです。唐山さんと口実をつけて会ったとき、ケータイを借りたんでしょう」

「忘れて来たから、と言うので」

と、唐山は言った。「しかし——あの人も気の毒だった。ご主人は全く奥さんに関心を持っていなかったようで」

「人のことばっかり同情して！」

と、恵は、唐山の背中を叩《たた》いた。

「いたた……。バットじゃなくて良かった」

唐山はそう言って笑うと、恵の肩を抱いた。

——並木が力なくその場に座り込んだ。

「先生も分ってたんでしょう」

と、亜由美が言った。「妙子さんがルイちゃんに暴力を振ってたことを」

「私の家で……そんなことが起るなんて、許せなかった！」

並木がうずくまって泣き出した。

妙子がそっと歩み寄ると、かがみ込んで父親を抱きしめた……。

エピローグ

「並木教授退官、か」

神田聡子が、大学の事務室前の掲示を見て言った。

「娘さんは病院へ通って、治療を受けるって」

と、亜由美は言った。

「ルイちゃんはどうなるの？」

「今はまだ入院してる。でも、きっと元気になるわよ」

「親が子を殴る、か……。どこか間違った世の中だね」

二人は午後のキャンパスを歩いていた。

「——あれ、殿永さんだ」

殿永が手を振ってやって来る。

「どうしたんですか？」

「いや、今日上から連絡がありまして」

と、殿永は言った。「お母さんに感謝状を差し上げることになりました」

「母に?——でも、私は? ドン・ファンは?」

「まあ、代表してお母さんに、ということで」

「いやだな。——またやりたがるわ、きっと」

と、亜由美はため息をついた。

「そうですね。さっきご連絡したら——」

「何て言ってました?」

「『次の事件はいつになります?』と訊《き》かれました」

「やっぱりね」

「唐山さんと恵さんの結婚式に、この間の宝石をつけて行くから貸してくれと言われたんですがね」

「そんなこと!——やめさせますよ」

「いや、それはいいんですが……。亜由美さん、お母さんが宝石を誰かにやってしまわないように、見張ってて下さい」

殿永は、結構本気で言っているようだった……。

解説

樋口有介

本文庫には『名門スパイの花嫁』と『モンスターの花嫁』の二作品が収められています。個人的な感想を言わせてもらえれば、前者のほうが話が凝っていて、おちも洒落《しゃれ》ている気がしますが、表題を後者にしたのはたぶん、タイトルのインパクトが理由なんでしょう。この二作を読んだとき最初に思ったのは、「おお、こりゃ山手樹一郎だあ」というもの。山手樹一郎なんて名前、若い読者はご存じないかもしれませんが、戦前から戦後にかけて（いつの戦争？　なんて聞かないでください）もっとも読まれた時代小説作家の一人です。私が赤川さんの作品に対して山手樹一郎を連想した理由については、のちほど。

さて、山手樹一郎同様、若い読者の皆さんは樋口有介なんて名前も聞いたことはないでしょうが、私も小説家です。それどころか私が『ぼくと、ぼくらの夏』（一九八八年、文藝春秋）という小説でデビューしたときなんか、「第二の赤川次郎」「赤川スクールの優等生」とかなんとか、そりゃもう、業界内外から期待されたもんです。「第二の……」とかいったって、歳は二つしか違わないんですけどね。結果的にそれら業界の期待を見事裏切り、売れもしない小説を書きつづけて二十年ちかく。いやあ、赤面。

と、そんなことはともかく、本作は赤川さんの得意とするところの青春ユーモアミステリー、〈花嫁〉シリーズの第十六弾だそうで、同じ主人公で十六作もつづけられることに、まず感服。因《ちな》みに第一作目はどんなものか、と読んでみたのが『忙しい花嫁』という作品で、これがまたヒネりにヒネったストーリー。ふむふむ、なるほどなるほど、と読んでいったら最後はまったく予想もしなかった結末。とてもではないけど、私なんかに真似《まね》はできません。赤川さんが多くの読者に愛される理由は、この読者を最後まで飽きさせないストーリーの構築力と、サービス精神にあるんでしょうね。

本作でももちろん、その豪快なヒネリは健在です。特に『名門スパイの花嫁』のほうなんか、殺人事件の被害者が残す「草……」というダイイングメッセージの意味を、「〇〇〇〇」と持って行くところなんか、すごいすごい。プロの私でさえこんなおちは思いもつかないんですから、素人の読者が驚くのも無理はありません。この「〇〇〇〇」というところ、言いたくて言いたくて。でも担当の編集者氏から、「ネタバレになってしまうから勘弁してくれ」と泣いて頼まれて、私も泣く泣く断念。信じられないことですが、世間には作品よりも解説のほうを先に読む読者がいるんだとか。自分の買った本をどう読もうとその人の勝手ですが、でもはっきり言ってそれ、邪道ですよ。

それはまあそれとして、『名門スパイの花嫁』のこの物凄《ものすご》いおち、予想外であってもニンマリと笑えるという、非常に上質な着地になっています。一連の赤川作品に出版社が「ユーモア……」と銘打つ理由は、これだったのか、と。

この「ユーモア」という概念、簡単に口にしてしまいますが、実は作者にとっても読者にとっても、かなり厄介な代物です。定義も解釈もさまざまにあって、分かるようで分からない、分からないような気もするし、でも何となく、分かる気もする。

なぜ「ユーモア」が厄介なのかというと、それがいかに優れた警句や不条理であっても、要は受け手次第、という点にあります。受け手の側にユーモアを感知するレセプターがなければ、言葉もパフォーマンスもすべて、空回りをします。チベットの坊さんがチベット語でアラブ人にいくら仏教の深遠を解説したところで、当然アラブ人には、チンプンカンプン。もちろんこの理屈はユーモアだけではなく、直面する男女間の問題や親子友人間の関係にも共通しますが、ここでは一応、ユーモアに限定します。

「日本人にはユーモア感覚が欠如している」とは、よく欧米人から指摘され、また日本の有識者もみずからの文化を嘆息します。そうなのかなあ、本当に日本人は、ユーモア感覚が乏しいのかなあ。と、私自身この命題を自問することがありますが、結論を言ってしまうと、そうだよなあ、欠如とまではいかなくても、希薄であることは確かだろうな、ということです。

いやいや、そんなことはない。その証拠に昨今はお笑いブームで、どのテレビ局でも朝から晩まで、ほとんどの時間帯にお笑い芸人が登場してるではないか。これだけ「お笑い」がブームなのは視聴者が「お笑い」を求めているからであり、求めている、ということは視聴者に「お笑い」を感知する能力があるからだ。と、こう反論する方もいらっしゃるでしょうが、お笑い芸人が提供する可笑《おか》しさはギャグであって、ユーモアというものとは、少し質が違います。無茶を承知で言ってしまうと、ギャグは躰《からだ》で感知するもの、ユーモアは頭で理解するもの、です。躰で感知するんですから知性そのものに笑いへのレセプターがなくても、ギャグはギャグとして笑えます。銀座か青山をとり澄ましたOLが歩いていて、犬のウンコを踏んづけて転んだとします。可哀そうに、と頭では思いつつ、条件反射で、つい笑ってしまいます。これにはチベット人もアラブ人も、アメリカ人も日本人も変わりはなく、みな同じ反応をします。なぜならOLの転倒はユーモアではなく、ギャグだからです。

それならギャグとユーモアは厳密に区別できるのか、と、これがまた厄介で、ギャグとユーモアが混交したり相殺したり、状況によってはギャグがユーモアまで昇華したり、またその逆だったり。要するに、ユーモアってやつはこういうふうに、面倒なものなんですね。

「いつまでもつまらないゴタクを並べてないで、早く正しい解説をしろ」と言われそうなので、はい、戻ります。ですが戻る前にまた、ちょっと横道へ。

私は昔からユーモア小説やユーモア映画（そんなジャンルがあるのかどうか。一般に言うところのコメディーとは、少し違うのですが）が大好きで、若いころはユーモア映画の特集なんかやってる名画座で、よく徹夜をしたものです。特に好きだったのが『アニマル・ハウス』『ブルース・ブラザース』、それにスピルバーグの『１９４１』でした。スピルバーグといえばもうお馴染《なじ》み、あの『未知との遭遇』や『E.T.』の監督ですね。最近はあまり映画を見なくなりましたが、『シンドラーのリスト』とか『ミュンヘン』とかいったシリアスな社会派作品もあるようで、今やまあ、巨匠中の巨匠なんでしょう。

ところが問題は、スピルバーグについての経歴紹介などに『1941』が、まず顔を出さないこと。解説に出てくるのはせいぜい『ジョーズ』か『インディ・ジョーンズ』あたり、評論家も一般観客も、『1941』は完璧《かんぺき》に無視を決め込みます。実際に『1941』の発表当時もこの作品は大不評で、地元のアメリカでも日本でも、評判はクソミソ。その批判によほど懲りたのか、以降スピルバーグはユーモア映画を作らなくなります。

だけどなあ、と、ここで私は独言を吐いてしまいます。スピルバーグの最高傑作は、やっぱり『1941』だよなあ、と。いつだったか映画通を自認する知人に私の感想を話したところ、その知人には、本気で笑われましたが。

蛇足になりますが、小説に関しても、腹から笑える作品をいくつか。まず筆頭はアメリカ人女性作家のシャーリイ・ジャクスンが書いた『野蛮人との生活』。シャーリイ・ジャクスンはホラー小説の作者として知られていますが、本作だけは毛色の違った、一種の私小説です。「野蛮人」というのは自分の亭主と子供たちのことで、その日常のやり取りが、言語を絶する面白さ。もう三十年も前に読んだ小説なのに、思い出すだけで私、笑いが止まりません。

日本の作品では神坂次郎さんがお書きになった『復讐党始末《あたん》』なんか、傑作中の傑作。

そりゃもう抱腹絶倒で七転八倒、壁の薄いアパートなんかでは、ぜったいに読めません。

これを究極のユーモア小説といわずして、なんというか。

最後は私が若いころバイブルのように読みふけったジェームス・サーバーという作家の、一連の短編を挙げましょう。この作家はヘミングウェイやフィッツジェラルドと同時代の人で、『虹をつかむ男』という作品が映画化されたことがありますから、知っている人は、知っているはず。その哀歓あふれるシニカルなユーモアは、もう珠玉ともいえるほどの絶品。昔、アメリカの地方都市に短期滞在したことがあって、そのときに書店でサーバーの作品を見つけ、英語なんか読めもしないのに、私、しっかり買い漁《あさ》ってきました。日本ではもう読む人もいないでしょうが、アメリカでは今でもヘミングウェイやフィッツジェラルド同様、国民的に評価の高い作家だということです。以前は角川文庫にも短編集が収録されていたのに、今は絶版です。

以上、映画や小説についてクドクド言ってきたのは、要するに「ユーモア」が如何《いか》に厄介で、如何に面倒なものか、ということを説明してみたかったわけです。スピルバーグだって『１９４１』の不評でユーモア映画を作らなくなってしまったし、ジェームス・サーバーの作品も、もう日本では読めません。その一番の理由は、ユーモアや笑いというものがどこの国でもいつの時代でも、「社会的地位が低い」からです。笑える映画がアカデミー賞をとった例もありませんし、ユーモア小説が何か文学賞を受賞した、という話も聞きません。評価される作品のほとんどはシリアスなもの、社会問題とやらに正面からとり組んだ真面目なもの、あとはまあ泣けたり感動的であったり、そんなものです。

テレビにお笑いブームがくり返して訪れる理由は、頭であれ躰であれ、とにかく人間が「笑い」を欲求しているからなのに、その笑いに対して人間は、みずから評価を下げようとします。笑うことを心底から希求していながら、その笑いを求める自分に恥を感じる、というパラドクスは、全世界の人間に共通した生物学的心理です。笑いには個人的な快感と社会の「和」を提供すると同時に、社会の秩序を破壊したり否定したり、そういった「毒」としての要素があるからで、しかしまあ、そのへんの詳しい解説は、専門書でもお読みください。

このあたりで強引に本文庫の解説に戻ります。私が連綿とユーモア論を展開してきた理由は、この社会的に評価の低い（とされる）ユーモア小説を、赤川さんがもう、三十年もお書きになっていることのすごさ、を言いたかったわけです（やっぱりちょっと、強引すぎるか）。

だいたい三十年も作家をやっていて、それも常に第一線の流行作家ともなれば、スピルバーグのようにシリアスな方向へ心が動くものです。他の大御所、といわれるような方々だって、晩年になるとライフワークだとか何だとか、大して面白くもない大小説を書きたくなるようです。三島由紀夫の最終四部作が本人だけの気休めであったのと同様、大御所のライフワークなんて、読者にとってみればただの裏切りです。小説というのは最後まで、徹底的に読者を楽しませるもので、その姿勢を最後まで貫くのが小説家です。だって、そうでしょう、小説というのは芸術ではなく、娯楽なんですから。

冒頭で赤川さんの小説に「山手樹一郎を連想した」と言いましたが、山手樹一郎も最後まで「娯楽小説作家」に徹した人です。一流といわれる文芸誌（何が一流なんだか二流なんだか、よくは分かりませんが）から執筆の依頼があったときも、「そういう雑誌にはそれに相応《ふさわ》しい作家がいる。私はただの娯楽小説作家だから」といって、断っていたとか。うーん、いいですよねえ、この姿勢。私も作家の端くれとして、赤川さんや山手樹一郎のスタンスを、ぜひ見習いたいものです。

『解説』といっておきながら、ちっとも解説らしくないので、私も多少気がひけます。そこで本文庫の主人公である「塚川亜由美」くんについて、一言。彼女が最初に登場した『忙しい花嫁』が出版されたのが、一九八三年。そのとき亜由美くんは十九歳の女子大生で、恋人らしきものもおらず、携帯電話もありません。本文庫に収められている二作の刊行は二〇〇二年、実に二十年近い時間が経過しています。それでも亜由美くんは相変わらず女子大生（留年しているのではありません。もっとも二十年も留年している女子大生が主人公だったら、もっと可笑しいんでしょうけど）で、しかも恋人ができ、携帯電話も使います。この二十年の間にポケベルが流行ってそれがすぐに廃《すた》れて、パソコンが普及して小学生まで株の取引を始めて、と、時代も変わりました。こういうふうに、時代がいくら変わっても主人公は歳をとらない小説って、私、好きなんですよ。亜由美くんは歳をとらないばかりでなく、相変わらずキュートでちょっぴりおセンチで心優しくて強引で、そのイケイケギャル的（表現が古いか）パワーにも衰えを見せません。それは作者のテンションが落ちていないことの証拠でもあって、シリーズをこれだけつづけてしかもテンションを落とさないというのは、読者が思う以上に、作家にとっては大変な仕事なんです。

最後に、赤川さんの著作リストを見ていてふと思ったのは、その膨大な作品群中に、時代小説がないこと。念のためにと出版社に問い合わせてみたところ、「いえ、すでにお書きになってます」とのご返事。うーむ、なんとまあフィールドの広い作家なんだろうと、ここでまたあらためて感動。早速とり寄せて読ませてもらったのが、『鼠、江戸を疾《はし》る』（角川書店）という一種のピカレスク小説。相変わらずストーリーのヒネリは健在で登場人物の設定も見事。ピカレスク小説ですから、情念の遣る瀬《やせ》なさ、みたいなものも書き込まれています。ただ残念なことにこれ、私の大好きな「捕物帳」ではないんですね。最近はやたら神経症的に時代考証が細かかったり、どうでもいい人情話がネチネチとつづいたりと、大して面白い捕物帳がありません。

このへんでスカッと、赤川版『青春ユーモア捕物帳』なんか、読んでみたいものです。

本書は、二〇〇二年十二月に実業之日本社より刊行された作品を文庫化したものです。

モンスターの花嫁《はなよめ》

赤川《あかがわ》次郎《じろう》

平成18年 3月25日　初版発行
令和6年 12月15日　6版発行

発行者●山下直久

発行●株式会社KADOKAWA
〒102-8177　東京都千代田区富士見2-13-3
電話　0570-002-301（ナビダイヤル）

角川文庫 14160

印刷所●株式会社KADOKAWA
製本所●株式会社KADOKAWA

表紙画●和田三造

●お問い合わせ
https://www.kadokawa.co.jp/（「お問い合わせ」へお進みください）
※内容によっては、お答えできない場合があります。
※サポートは日本国内のみとさせていただきます。
※Japanese text only

ISBN978-4-04-187983-2　C0193